니 누꼬?

니 누꼬?

펴낸날 2020년 11월 10일

지은이 정진태
펴낸이 주계수 | **편집책임** 이슬기 | **꾸민이** 전은정

펴낸곳 밥북 | **출판등록** 제 2014-000085 호
주소 서울시 마포구 양화로 59 화승리버스텔 303호
전화 02-6925-0370 | **팩스** 02-6925-0380
홈페이지 www.bobbook.co.kr | **이메일** bobbook@hanmail.net

ISBN 979-11-5858-726-0 (03810)

※ 이 도서의 국립중앙도서관 출판시도서목록(CIP)은 e-CIP 홈페이지(http://www.nl.go.kr/cip)에서 이용하실 수 있습니다. (CIP 2020045592)

나에게 묻고 답하다

니 누꼬?

정진태

Life of my grandpa, Jintae ♥

현대자동차그룹 중국 지주회사 사장을 역임한 작가의

최빈국에서 선진국까지의 삶을 통한 자기 발견 이야기

이야기를 시작하며

“사람이 나이가 들면 추억을 먹고 산다”는 말이 있다.

일흔이 넘으니 앞으로 살날이 많지 않아서인지 아니면 성큼성큼 다가오는 죽음을 바라보기 두려워서인지 자꾸 뒤만 쳐다보며 머리를 짜내 추억 되감기를 한다.

남자들은 환갑이 넘어서도 20대 때 군대 이야기만 나오면 신명이 나서 온갖 용감한 일은 혼자 다 해치운 양 뻥을 섞어 이야기를 한다. 뻔히 거짓말인 줄 알면서도 서로 맞장구를 치며 거기에 한술 더 떠 보다 강도 높은 무용담을 떠벌리며 좋아라 박장대소하며 즐거워하곤 한다. 모두 사실이라면 무공 훈장감들이다.

군 생활이라는 것이 전쟁 연습이라는 흔치 않은 경험을 하는 시기이며 고된 훈련에 집 떠나 고생 고생한 시간이니 기억이 새록새록 날 수밖에…….

그런 걸 보면 추억이라는 것이 예사롭지 않은 경험을 하거나 잊지 못할

희로애락(喜怒哀樂)의 시간들이 우리의 뇌리에 깊이 박혀 오랜 시간 잊혀지지 않고 기억에 남아 있는 것들이다. 그 당시에는 피하고 싶었던 시간들이 지금은 자랑스러운 훈장으로, 영원하길 바랐던 즐거운 시간들이 아름다운 기억으로 뇌리에 남아 추억이 된 것이다.

칠십 평생 남보다 좀 더 예사롭지 않은 경험을 한 사람으로서 옛 추억을 더듬어 가며 이야기보따리를 풀어 놓고자 한다.

1947년생이니 태어나기 두 해 전 해방이 되고 1년 뒤 대한민국 정부가 수립되었으니 일제 식민 시절은 겪지 않고 미 군정이 통치하던 시기에 태어났다. 그리고 세 살 때부터 6·25 전쟁을 3년간 겪었다.

1950~60년대 국민 소득 100불 이하의 세계 최빈국 중 하나인 나라에서 소년 시절을 보냈으며, 1970년대 중반부터 2010년 사이 약 35년간 수출 산업 역군으로 영국 런던, 그리고 아프리카 대륙, 전쟁 포화 속의 중동 지역 그리고 세계 최대 인구를 가진 중국 등등의 나라에서 겪은 수많은 일들 중 지금껏 추억의 편린(片鱗)으로 남아있는 일들을 기록으로 남기고자 글을 쓴다.

이 시기 대한민국은 중진국을 넘어 선진국에 우뚝 자리매김을 했으니 세계를 누비며 수출 최일선에서 뛴 한 사람으로서 자부심을 가질 만하다.

2017년 선진국을 분류하는 하나의 기준인 국민 소득 3만 불을 넘겼다. 내 일생에 최빈국, 후진국, 중진국, 선진국을 모두 경험한 우리나라 역사상 가장 버라이어티한 시기를 산 사람 중 한 사람일 것이다.

흔히 비즈니스 세계를 산업 전선으로 표현 들 한다. 경쟁이 심한 것을 전쟁터에 비유한 말이다. 그리고 그 속에서 일하는 사람을 산업 역군 또는 산업 전사라 부른다. 전쟁터에 나가 싸우는 군인과 다름이 없어 전사(戰士)란 명칭이 붙었다. 일생 수출 전선에서 수출 전사로 일한 사람으로 문득 2차 세계 대전 중 타국에서 전사(戰死)한 영국의 무명용사 비문에 새겨진 글귀가 생각난다.

"When you go home, tell them of us, and say, We gave our today for your tomorrow."

고국에 돌아가면 그들에게 우리의 이야기를 전해 주게. 당신들의 내일을 위해 우리는 오늘의 우리를 바쳤다고."

앞서 이야기한 대로 세계를 상대로 수출 전선에서 싸워 최빈국에서 선진국까지 올라오도록 목숨 바쳐 싸운 세대의 한 무명용사 이야기이니 참고가 되었으면 한다.

먼 훗날 나의 후손들이 혹 이 책을 통해 예전에 집안에 재미있는 할아버지가 살다 가셨구나 하고 아는 척해 주면 고맙고, 좀 더 욕심을 내자면 훗날 나처럼 해외를 다니며 무역 일꾼으로 일하는 후손들이 있으면 이 책을 통해 옛 선인들이 해외 시장을 개척하면서 겪은 일들이 도움이 되었으면 하는 바람이다.

애당초 글을 쓰겠다는 계획이 없이 시작한 일이라 오로지 기억에 의존하다 보니 지명이나 사람 및 특정 장소의 이름 등이 기억나지 않아 표기를 못 하였으니 이해해 주기 바란다. 그리고 내용 중 어느 특정 국가에 대한 언급은 당시 내가 경험한 일부 사실만을 언급한 것이니 오해가 없기를 바란다.

이야기 순서는 내가 한창나이에 활동했던 시기 즉 우리나라가 1인당 국민 소득 250불 수준의 후진국에서 소득 5,000불 시대의 중진국으로 진입한 시기(1970년~1990년)의 이야기를 먼저 다루고 다음에 중진국에서 선진국으로 진입한 시기(1991년-2020년)의 이야기를 다루고자 한다.

그런 다음 이 세상에 태어난 때 이야기는 맨 마지막에 기술(記述)하려고 한다. 누구나 벌거벗고 이 세상에 태어나 커가는 과정은 그게 그거인데 무슨 재미가 있겠는가? 책 앞머리 몇 장 들추다 내팽개칠 것 같아 뒤에 언급하련다.

그리고 어차피 이 세상을 떠날 때에는 빈손으로 갈 터이니 어릴 적 최빈국 시절(1940년~1970년)의 이야기를 하면서 나의 머릿속도 비우고자 한다.

자 그럼 지금부터 이야기보따리를 풀어 놓을 테니 수출 최전선에 참전한 노병(老兵)을 따라 여행을 해 보기 바란다.

이천이십 년 삼월
우면산 예술의 전당 앞 우거에서

상초(霜草)

차례

제1장

물음표와 마침표

제2장

1970년~1990년 후진국에서 중진국으로

제3장

1991년~2020년 중진국에서 선진국으로

제4장

1947년~1970년 최빈국에서 후진국으로

제1장

물음표와 마침표

물음표

- 니 누꼬?

이 책 제목 "니 누꼬?"란 너 무엇을 하는 누구냐? 하고 물을 때 쓰는 경상도 사투리이다. 경상도 사투리 "니 누꼬?"란 고향이 충청도인 나에게 일면식도 없는 사람이 갑자기 낯선 언어로 "너 누구냐?"하고 물었을 때를 가상하여 인용한 문구다.

"……, ……응? 나……?"

갑자기 무어라 대답해야 할지 모르겠다.

젊은 시절에는 명함을 내밀며 "어디에 근무하는 누구입니다." 하고 주저 없이 대답하였을 텐데 나이를 먹으니 한마디로 "나 누구요." 하고 답할 것이 없다.

칠십 평생을 살아오면서 주위의 일가친척, 친구, 후배 등등 많은 주변 사람들의 이름 석 자와 고향이 어디이며 무슨 일을 한 사람이고 성격이 어떠한지 그리고 집안에 수저가 몇 개인지 까지는 몰라도 애들이 몇인지는 줄줄이 알면서 정작 자신이 누구냐 물으니 선뜻 대답을 못 한다.

그래 지금도 늦지 않았으니 나를 한번 찾아보자.

나는 누구이며 어디서 왔고 무엇을 한 사람인지 스스로 돌아보며 때로는 제3자의 입장에서 파헤쳐 보고 싶은 강한 충동이 느껴졌다.

나는 그동안 남을 위해 산 것인가?

젊은 시절 사랑하는 가족을 위해 그리고 몸담았던 회사를 위해 뛰어다니다 보니 나를 잊은 지 꽤 오랜 시간이 흘렀다. 놀랍게도 나라는 존재에 대해 지금껏 깊이 생각해 본 적이 없는 것 같다.

나에게 미안한 마음이 든다. 몸과 마음이 지치고 생각하기 귀찮은 나이에서야 깨닫다니…….

기억에서 완전히 사라지기 전에 그나마 몇 조각 남아있는 이삭이라도 주어야겠다.

이것이 바로 이 책을 쓰게 된 이유이다.

마침표

- 나의 좌표, 씨줄과 날줄

비행기나 선박이 운항할 때 위치를 나타내는 것을 좌표(座標)라 한다. 즉 직선 평면 공간에서 어느 일정한 점(点)의 위치를 나타내는 수의 짝을 좌표라고 한다. 기하학에서는 보통 원점 0에서 직각으로 만나는 두 좌표 축(X축과 Y축)을 사용해 X를 가로 좌표로 Y를 세로 좌표로 하여 두 축이 만나는 지점을 좌표라 한다.

유사한 밀로 씨줄 날줄이 있는데 이는 지구를 남극과 북극을 지나는 평면으로 잘랐을 때 세로축이 날줄이며, 가로축이 씨줄이다.

뜬금없이 날줄 씨줄을 찾는 이유는 나라는 존재를 알기 위해 내가 서 있는 좌표를 찾아야 하겠기에 생각해 낸 방법이다.

우선 날줄을 더듬어 가면 나의 선조가 누구이며 어디에서 출발하여 어떤 과정을 거쳐 21세기까지 왔는지 추적을 해 보고자 한다. 나의 원초적 뿌리를 더듬어 찾아보자는 것이다.

씨줄로는 1940년대 후반 태어나 2020년 오늘날까지 살아온 나의 지나온 시간들을 추적해 볼 예정이다.

이런 방법으로 날줄 씨줄을 찾아 두 지점이 만나는 지점을 찾으면 앞에 나온 “니 누꼬?”에 대한 해답이 나오지 않을까 하는 좀 우스꽝스러운 생각을 하며 이 책을 쓰기 시작하였다.

자 그럼 서두에 이야기한 대로 1970년부터 오늘까지의 이야기를 먼저 하고 맨 마지막 제4장에서 나의 원초적 뿌리와 태어날 때 이야기를 하면서 씨줄과 날줄이 만나는 나의 좌표를 찾고 이야기에 마침표를 찍으려 한다.

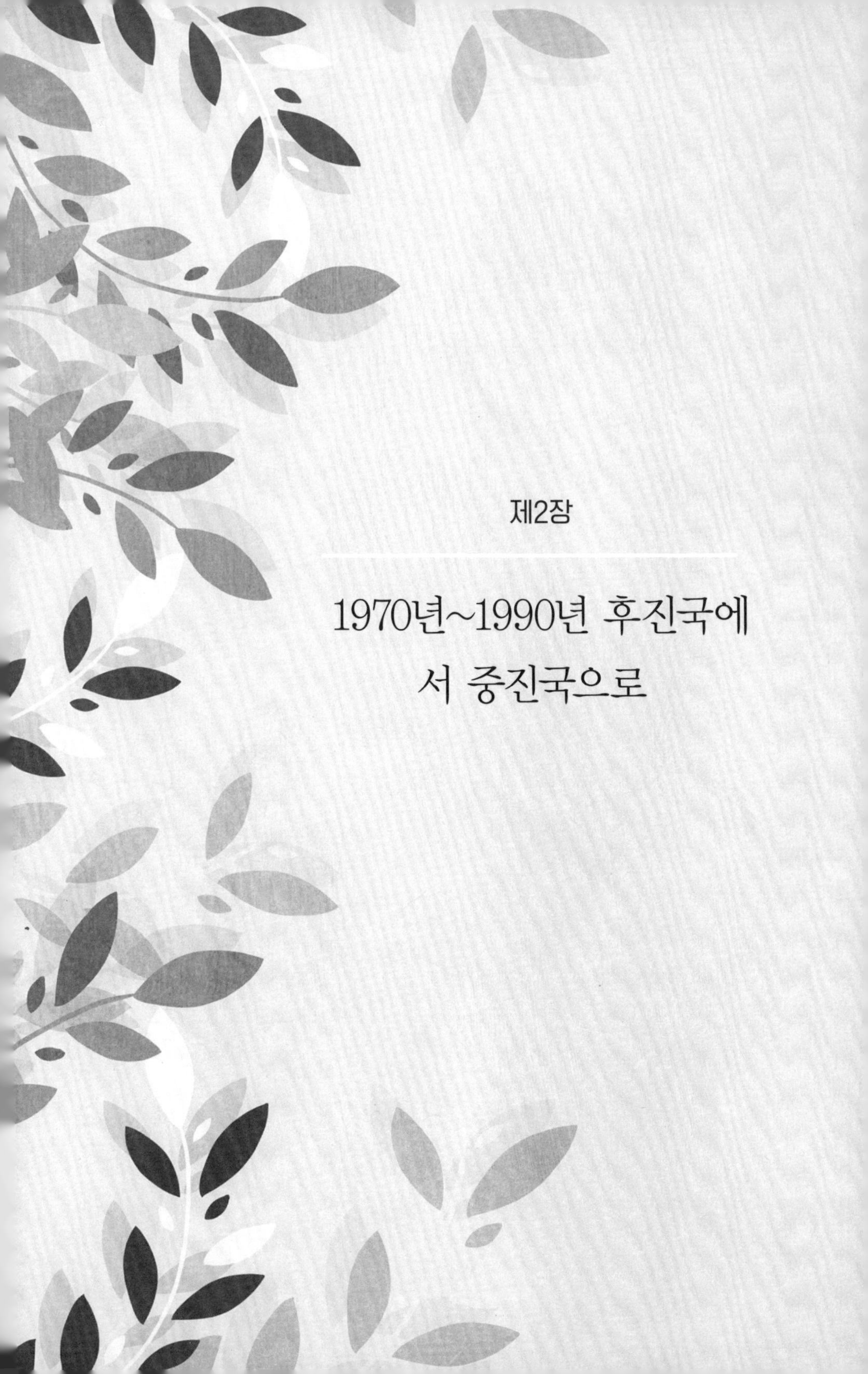

제2장

1970년~1990년 후진국에서 중진국으로

스쳐 간 인연

빰빠라 밤 빰 밤밤 빰빠라 밤 빰 밤밤!

1971년 년 말이다. 내가 군 복무를 하던 김포의 제1 공수특전 여단에서 여단장 이·취임식이 거행됐다. 내가 모시던 전임(前任)인 정병주 준장은 소장으로 진급 경기도 양평의 제5 사단장으로 부임하며 후임(後任)인 제1 공수 특전 여단장에는 월남전 참전을 마치고 귀국한 전두환 대령이 준장으로 진급하여 취임을 하였다.

당시 제1 공수 특전 여단장실 당번병으로 근무하던 나에게 여단장 비서실장 강 대위가 이 취임식 한 달 전에 정병주 장군이 사단장으로 가는데 같이 따라갈 것인지 아님 여기 남아서 후임 여단장을 모실 것인지 나의 의견을 물었다.

대학을 졸업하고 사병으로 입대를 한 나로서는 머리는 크지만 신병으로서 어느 것이 유리한 것인지 판단이 서질 않았다. 지리적으로만 보자면 김포는 서울과 가까워 주말이면 사귀던 여자 친구를 만날 수 있어 좋았지만, 들리는 소문으로는 신임 전두환 준장은 군기를 잡고 뺑뺑이(?)를 돌릴 것이란 겁나는 이야기도 돌았다.

결정을 못 하고 있는데 강 대위가 정병주 장군을 따라서 가는 게 좋다는 것이다. 나중에 안 일이지만 제1 공수 특전 여단에서 작전 참모로 있던 임동원 중령(후에 통일부 장관 및 국정원장 역임), 비서실장 강 대위, 본부 사령(소령), PX 선임 하사(상사) 그리고 나 이렇게 5명이 정 장군을 따라갔다.

대학 4년을 여자 친구와 떨어지기 싫어 군 입대를 미루다 졸업을 하고 늙은(?) 나이에 군대에 가 나름 고생을 했다. 훈련병 생활은 충청북도 증평이라는 곳의 예비 사단 훈련소에서 했는데 중대 선임을 맡아 대표로 기합도 많이 받고 예비 사단 훈련소여서 그러한지 일과 후 군기를 잡는다며 구타에 기합 등 부조리가 횡행하던 곳이다.

주말 소대 선임 하사가 외출할 때엔 돈을 거두어 용돈을 마련해 주어야 했으며 이를 안 하면 그다음 주 일주일 내내 기합을 주며 괴롭혔으니 지금껏 증평 하면 이맛살이 구겨진다.

10주간의 훈련병 생활을 마치고 제1 공수 특전 여단으로 배치받았다. 제1 공수 특전 여단은 낙하산 점프 훈련을 받는 특수 부대로서 적 침입 시 제일 먼저 최 일선에 투입되는 정예 부대이다. 따라서 직업 군인을 중심으로 구성되어 있어 오히려 사병에게는 주. 부식이나 보급품 등이 좋은 곳이다.

당번병으로 근무를 하며 여단장에게 결재를 받으려는 많은 참모들과 수시로 접했는데 그중 작전 참모였던 임동원 중령(후에 통일부 장관 및 국정원장 역임), 1 대대장 최세창 중령(후에 국방부 장관 역임), 제9 공수 여단장을 역임한 노태우 대령(제13대 대통령) 등등 한 시대의 정치권 주역들의 면면이 기억난다.

역사에는 만일(If)이라는 것이 없다지만 만일 1971년 제1 공수 특전 여단장 이·취임식 당시 김포에 남아 전두환 장군을 만났으면 나의 운명이 어떠했을까? 가끔 상상을 해 본다.

그 날의 두 주인공은 1979년 12월 12일 역사의 갈림길에서 극명하게 운명이 갈렸듯이 8년 전인 1971년 두 장군의 이·취임식에서 나의 운명도 갈림길에 서 있었던 것이다.

인생은 선택의 연속이다. 순간순간 크고 작은 일들을 선택 결정하며 살아간다. 그리고 선택의 결과에 따라 운명이 달라진다.

정병주 장군과 저자 (1972)

카두나의 추억

1981년 말이다. 나이지리아 철도청에서 다음 연도에 구매할 철도 차량 화차 입찰에 현대는 초청을 못 받았다. 이유는 그 해 구매한 화차 183량을 현대가 수주하였으니 다음 연도분은 다른 업체에 기회를 주겠다는 것이다.

아니 먹어도 먹어도 배가 고픈 판에 먼저 먹었으니 양보하라? 남의 입안에 들어간 것도 뺏어야 할 판에 무슨 공자님 같은 말씀인가? 지난번 화차 수주 당시 나이지리아 교통부 장관으로부터 소개받은 대리인을 찾으니 당시 수도 라고스(Lagos)에 없고 고향 카두나(Kaduna)에 갔다는 것이다.

여기서 잠깐 설명을 하자면 해외에서 철도 차량 구매는 각 나라 중앙정부에서 입찰 방식을 통해 구매하는데 이의 수주를 위해서는 현지 대리인을 선정 교통부와 철도청을 상대로 소위 로비 활동을 펼쳐가며 수주 활동을 한다.

물론 품질과 가격이 좋아야 하지만 그 외에 대리인이 발주 처인 정부기관과 얼마나 친분이 있느냐에 따라 성패가 갈리는 경우도 있어 대리인 선정은 매우 중요한 일이다.

현대는 나이지리아에서 교통부 장관(그는 당시 민선 대통령 샤가리의 처남으로 흔히 개발 도상국에서는 국가 기간 시설 즉 인프라 건설이 급선무이므로 교통 장관은 각료 중 제일 큰 예산을 다루는 중요 직책으로 대통령 측근이나 실세 장관이 주로 맡는다.)의 추천으로 장관의 동향 출신인 30대 후반 젊은 친구를 대리인으로 선정하였다.

상황이 급박하여 고향에 간 대리인을 만나려면 서둘러 카두나로 가는 수밖에 없다. 사실 대리인이 카두나가 고향이라는 것은 말로 들어 아는 것이고 한 번도 가 본 적이 없다. 언젠가 전에 대리인이 카두나에 와서 자기를 찾으면 누구나 다 안다고 말한 기억이 있어 그 말만 믿고 무작정 찾아가는 길밖엔 없다.

라고스에서 카두나 가는 비행기 편을 알아보니 하루 3편이 있고 지금 나가면 오후 3시에 출발하는 비행기를 탈 수 있을 것 같다. 서둘러 채비를 하고 공항에 나갔다. 정말 이야기한 대로 이름만 대면 찾을 수 있는지 불안한 마음이다. 비행기 표를 구해 기다리다 탑승 시간이 되었다. 좌석은 지정된 것이 없고 빨간색 플라스틱 막대가 보딩 패스다.

지정된 게이트를 통해 탑승을 하려 하니 모두들 비행기를 향해 뜀박질을 한다. 아니 보딩 패스가 있는데 왜 뛰지 의아해하면서 나도 모르게 걸음이 빨라졌다. 비행기 트랩 앞에서 보딩 패스를 승무원에게 건네고 비행기에 오른다. 긴 줄을 보니 몇몇 뚱뚱한 아주머니들이 아이 서너 명씩을 손에 잡고 맨 꽁무니에 서 있다. 뚱뚱한 데다 아이들까지 있으니 빨리 뛰지를 못한 것이다.

줄지어 서 있던 일행 중 1/3가량이 남았을 때 승무원이 앞을 가로막으며 탑승을 저지한다. 정원이 찼다며 돌아가란다. 뚱뚱한 아주머니들이 고래고래 소리를 지르며 항의를 하나 못 들은 척 비행기 문을 닫아 버린다. 가만히 보니 보딩 패스를 정원보다 30% 정도 초과하여 발급한 것이다. 그제서야 보딩 패스를 들고 뛰기 시작한 이유를 알게 되었다.

한 시간여 비행 끝에 카두나에 도착했다. 카두나는 나이지리아 중북부에 위치한 도시로 하우자(Hausa) 족들이 사는 중심 도시이다. 공항 밖을 나와 택시를 잡아타고 기사에게 대리인이 준 명함을 들이밀며 가자고 하니 명함에 하우자 어로 쓰인 글씨 덕분인지 알아듣는 눈치다.

한참을 달려가는데 이건 시내로 가는 것이 아니고 시골길로 계속 달리는 것이 좀 이상하다. 주소를 알고 가는 것이냐 물으니 알아들었는지 못 알아들었는지 손짓으로 앞을 가르치며 안다는 표정이다. 지방 도시에 오니 영어가 제대로 통하지 않아 답답하다.

한참을 더 달려 해가 뉘엿뉘엿 질 무렵 도착한 곳이 작은 마을의 모스크 건물 앞이다. 도시 카두나는 이슬람 신자가 많은 지역으로 작은 도시에도 모스크가 있다. 이 친구가 모스크 앞에 나를 내려놓고 거기서 기다리라 하고 가 버렸으니 영문도 모른 채 난감하다.

조금 지나니 모스크 문이 열리며 까만 피부의 꼬마들 십여 명이 예배가 끝나고 나와 나를 보자 내 주위를 빙 둘러싸고 신기한 듯 쳐다본다.

잠시 후 나를 둘러싸고 있던 꼬마들이 좁은 골목길을 내달려 사라져 버렸다. 석양은 저물어 가는데 무엇을 어떻게 해야 할지 몰라 그저 멍하니 서 있을 수밖에…….

나중에 안 일이지만 나를 둘러쌌던 꼬마들이 동네를 다니며 화이트맨(White Man)이 왔다고 떠들어 대는 바람에 순식간에 마을 사람들 모두 백인이 마을에 온 것을 알게 되었다. 그리고 얼마 뒤 먼발치에서 청년이 하나 오는데 전에 라고스에서 한번 본 적이 있는 대리인 동생이다. 동네에 백인이 왔다는 소문에 대리인 동생이 혹 아는 사람인가 싶어 나온 것이다. 안도의 한숨을 쉬고 동생과 영어로 대화를 하니 살 것 같다.

가만 생각하니 매우 지혜로운 택시 기사다. 나를 예배가 끝나는 시간에 모스크에 내려놓고 온 동네에 외부인이 왔다는 소문이 돌도록 만든 기사의 지혜로움에 절로 감탄이 나온다. 그리고 정말 신기한 통신 수단을 경험했다.

그 짧은 시간에 온 마을 사람들이 다 알도록 소문이 나니 어느 방송 시설보다 훌륭하다. 옛날부터 외적의 침입을 이런 통신 수단으로 막아냈겠지 생각하니 더욱 흥미롭고 신선하다.

대리인 동생에게 자초지종을 설명하고 형을 빨리 만나야겠다 하니 오늘은 어디에 있는지 모르니 같이 찾아보자고 나의 손을 끌고 앞장을 선다.

가면서 동생이 말하기를 이곳 카두나도 이슬람 문화에 따라 부인이 4명인데 오늘 어느 부인 집에 형이 있는지 모르니 같이 한 집 한 집 찾아보자는 것이다. 중동 사람들이 부인을 4명씩 둔다는 이야기는 들었어도 실제 내 눈으로 확인하기는 처음이다. 정말 신기한 경험이다.

30여 분이 지나 맨 마지막 집에서 드디어 대리인을 만났다. 놀라며 반가워한다. 거실에 앉아 카두나에 온 이유를 설명하고 빨리 장관을 만나도록 해 달라 부탁하니 걱정하지 말란다. 일단 전화로 장관에게 상황 설명을 하고 다음 주 라고스에 가는 대로 같이 장관을 만나자는 약속을 받고 집을 나왔다.

내 생애 최고의 망고 맛

대리인 동생이 마을에서 비교적 깨끗한 숙소를 안내해 주어 그 날 밤을 지내고 다음 날 아침 일찍 아침을 거른 채 라고스로 돌아가기 위해 공항으로 나갔다.

아프리카 시골 마을의 호텔이라는 것이 옛날 우리나라 시골 여관집처럼 단층 건물에 방이 죽 연이어 있는 그런 곳으로 차이가 있다면 마당에 큰 도마뱀들이 어슬렁거리며 다닌다. 때론 방 속으로 기어들어 오기도 하는데 잠시 있다 나가주길 바랄 뿐 방법이 없다.

비행기 시간을 보니 10시, 오후 1시, 그리고 6시 등 3편이 있다.

얼마의 시간이 흐른 후 공항 안이 북적거린다. 10시 출발 비행기의 체크인이 시작된 것이다. 항공사 직원이 닭장같이 생긴 조그만 공간 속에 들어가 눈에 익숙한 빨간 색 플라스틱 팻말을 흔들어 대니 순식간에 승객들이 닭장 주위를 둘러싸며 전투가 벌어지기 시작했다. 아비규환이다. 그 속에 들어가 플라스틱 팻말을 얻기란 내겐 불가능한 일이다.

10분여 흘렀을까 좌석이 동났단다. 분명 플라스틱 팻말은 정원의 반도 안 되게 들고 와 번개같이 사라진 것이다. 나머지는 이미 재빠른 사람들에게 뒷구멍으로 빼돌린 것이 분명해 보인다.

첫 번째 비행기는 그렇게 하여 명함도 못 내밀고 놓쳐 버렸다.

공한 건물을 나와 밖을 쳐다보니 조용하고 평화롭다. 조금 전 공항 안에서 벌어진 아비규환 속 인간들은 누구이며 누가 그들을 그리 모질도록 다투게 만들었는지 고개가 갸우뚱해진다.

이제 다음 비행기를 기다리자니 서너 시간을 보내야 한다. 다시 공항 안으로 들어가니 붐비던 사람들이 모두 사라졌다. 구멍가게 같은 키오스크(Kiosk)도 문을 닫았다. 다음 비행기 시간 오후 1시까지 아무런 일도 없으니 가게 문을 열어 놓을 이유도 없고 서너 시간을 멍청히 기다릴 사람은 나 이외에는 아무도 없다.

공항 밖을 나오니 먼발치에 벤치 하나가 눈에 띈다. 천천히 다가가 보니 나무 한 그루가 그늘을 만들고 그 밑에 주인 없는 벤치가 있다.

주위를 조심스레 둘러보고 나서 슬며시 벤치에 몸을 누워 보았다. 잠시 눈을 감으니 평온하다. 정말 예기치 않게 아프리카 시골 마을에 안식처가 생겼다. 눈을 감고 한참을 보내다 가져간 책을 꺼내 읽다 보니 시간 가는 줄을 모르겠다.

시장기가 돌 무렵 공항 쪽이 다시 붐비기 시작한다. 이번에는 어떤 일이 있어도 붉은 플라스틱 팻말을 손에 넣어야 한다. 잠시 후 아침에 보아서 구면(舊面)이 된 닭장이 다시 나타났다. 한데 주위에 있는 사람이 아침 시간의 두 배가 넘는다.

잠시 후 여기저기서 고래고래 소리를 지르며 육중한 몸매로 돌진하는

아프리카 시장 풍경, Lagos, Nigeria (1981)

무리들 때문에 닭장이 쓰러졌다. 그 속의 항공사 직원도 덩달아 내동댕이쳐졌다. 자빠진 항공사 직원 손에 있는 플라스틱 팻말을 낚아채 빼앗아들 간다.

오 마이~ 갓! 카두나의 오후 1시 전투도 그렇게 끝이 났다.

대부분의 아프리카 국가들은 영국, 불란서를 비롯, 독일 네덜란드 등 유럽 열강들의 식민지였다가 1960년대에 대부분 독립된 국가들이다. 여기서 주목할 점은 독립 당시 대부분의 국가들이 한 나라의 국경선 안에 두세 개 서로 다른 종족들이 섞여 있거나 같은 종족이 두 개의 나라에 갈라져 있어 서로 다른 종족과 나라 간에 끊임없는 분쟁이 일어나 주도권 싸움을 벌이거나 영토 싸움을 벌이는 경우를 흔히 볼 수 있다. 평화로운 아프리카가 전쟁과 기아, 그리고 끊임없는 쿠데타와 정쟁(政爭) 속에 시달리며 고통 받고 있는 이유이다.

오늘 내 눈으로 확인한 카두나 공항의 경험은 자연 속에서 평온하게 아프리카 대륙을 바라본 나의 시각을 달리하는데 하나의 증거였음이 틀림없다. 누가 그들을 앞다퉈 싸우게 만들었는가?

허탈한 마음으로 다시 나의 안식처 나무 그늘 밑 벤치로 향했다. 시장기가 지나 허기를 느낀다. 공항 안을 쳐다보니 적막감이 감 돈다.

다시 벤치에 누워 눈을 감는다. 할 수 있는 일이란 벤치에 누었다 일어나 앉았다 하는 일 그리고 눈을 감았다 떴다 하는 눈 운동 밖에는 딱히 할 일이 없다. 자꾸 움직여 봐야 두 끼를 굶은 처지에 에너지만 소비하니 그저 에너지를 아끼려면 가만히 누워 눈을 감고 있는 것이 최선의 방법이다. 뱃속에서는 꼬르륵 소리가 난다.

한참을 누워 잠이 슬며시 들 무렵 위에서 툭 하는 소리가 들리며 무언가 떨어진다. 밑을 쳐다보니 주먹만 한 노란색 과일이 떨어져 있다. 조심스레 주어 보니 껍질에 모래가 살짝 묻어있는 노란 색 망고다. 나무에 매달려 있다 완전히 익어 무게를 견디지 못하고 땅에 떨어진 것이다. 누구에게 들킬세라 주위를 둘러보고 껍질의 모래를 조심스레 털어내고 한 입 덥석 물었다. 약간 고린내가 나며 달콤한 과일즙이 목구멍을 타고 넘어가는데…….

눈이 번쩍 뜨인다. 아침부터 나의 유일한 휴식처요 동반자였던 벤치위 나무가 망고나무였는지는 몰랐다. 하기야 망고나무를 난생처음 보았으니 알 리가 없다. 정말 하늘이 무너져도 솟아 날 구멍은 있다더니…….

누구는 떨어지는 과일을 보고 만유인력인가를 발견하였다는데, 범인(凡人)인 나로서는 그런 사치스런 생각은 날 리가 없고 그저 배고픔의 생리 현상을 해결한 것만으로 이 세상 다 얻은 기분이다.

내 살아생전 아니 지금껏 그때의 망고 맛을 잊지 못한다.

그 날 저녁 6시 마지막 비행기에는 승객이 많지 않아 아귀다툼 없이 그리고 플라스틱 팻말을 들고 탑승 구까지 뛰지 않고 여느 유럽 신사처럼 여유 있게 탑승하고 라고스로 돌아왔다.

나의 1박 2일 카두나의 여행은 그렇게 끝이 났으며 지금껏 나의 추억 속에 아름답게 남아있다.

Viva Kaduna.

참고로 카두나가 고향인 나이지리아 당시 민선(民選) 대통령 쉐후 샤가리(Shehu Shagari, 재임기간 1979~1983)는 1983년 군부 쿠데타에 의해 실각 되었으며 당시 런던에 체류 중이던 처남 교통 장관은 레전트 스트리트(Regent Street) 숙소에서 외출 중 납치되어 외교 행랑 속에 마취 주사를 맞고 처박혀 라고스행 비행기 화물칸에 실려 있었다. 이런 정보를 입수한 런던 경시청에 의해 비행기 이륙 직전 구출되었다. 이 사건으로 영국 정부는 한동안 쿠데타로 집권한 나이지리아 군부 정권과 외교 관계를 단절한 바 있다.

진로를 바꾸다

– 무역인(貿易人)으로 출발

앞에 이야기한 아프리카에서의 경험은 내가 무역 업무를 하는 상사 맨으로 진로를 바꾸었기에 가능한 일이었다.

1970년 대학 4년째 되는 해이다.

졸업 후 진로를 고민하다 두 가지 길을 염두에 두고 대학원 시험에 합격을 해놓았으며, 동시에 농업 협동조합 중앙회에 응시 합격을 해 놓았다.

이 책 후반에 자세히 설명하겠지만 대학원 진학은 어릴 적 나의 롤 모델이셨으며 나의 성장기에 많은 영향을 주셨던 작은 아버님 동호 정남규 박사의 길을 따라 학계로 나갈 생각이 한편 있었기에 시험을 치른 것이며, 농협에 시험을 치른 것은 만일의 경우 내 밥벌이의 방편으로 준비한 것으로 당시 군 미필자였던 나에게는 갈 수 있는 유일한 구직 처였다.

대학 졸업을 하고 군 입대 일까지 4개월의 기간 동안 농협 서울 퇴계로 지점에 발령을 받아 근무를 시작하였다. 대학을 갓 졸업하여 은행 업무를 맡다 보니 모든 것이 서툴고 어리벙벙하다. 그런 상태로 지내다 군에 입대를 했다.

1974년 3년여의 군 생활을 마치고 다시 원 직장인 농협 퇴계로 지점에 복직했다. 은행 지점 업무 중 예금 업무는 주로 여직원이 맡고 있었으며 나에게는 환(換)업무가 주어졌다. 얼마간 업무를 다뤄보니 단순하고 틀에 박힌 반복적 업무의 연속이었다.

당시 지점에는 촉탁이라는 이름의 특수직 직원이 한 분 있었다. 낮에는 아르바이트 식으로 지점에서 근무를 하고 밤에는 야학을 하는 그런 직원이다.

어느 날 우연찮은 기회에 촉탁 사원의 책상 위에 놓인 대학 교재 비슷한 책이 있어 자세히 보니 "무역 실무 영어"라는 책이다. 영어라고 하면 어릴 적부터 무척 흥미를 가진 터라 책 내용을 살펴보니 고객에게 거래를 제안하는 Enquiry Letter에서부터 전혀 들어 보지 못한 Invoice 및 신용장에 대한 이야기, 물품 선적에 따른 선하 증권, 즉 Bill of Lading(B/L) 등등 별세계의 말들이 현란하게 눈에 들어 온다. 나에게는 신선한 충격이었다.

그 책을 훔쳐보고 나서 그 촉탁 직원과 많은 이야기를 나누며 새로운 세계에 대해 눈을 뜨기 시작하였다. 얼마의 시간이 지난 후 그 촉탁 직원으로부터 정부에서 무역 일꾼을 길러 내기 위한 단기 과정이 있다는 소식을 듣고 냉큼 지원을 했다.

당시 정부의 최우선 정책은 수출 입국으로써 물건을 해외에 팔아 달러를 벌어들여야 국가가 부유해질 수 있다 하여 종합상사 제도를 만드는 등 수출을 장려하고 있을 때이다. 하지만 무역을 아는 인력이 턱없이 부족하여 정부 투자 기관인 대한 무역 진흥 공사가 성균관 대학과의 교육

협약을 통해 단기 과정의 "수출 학교"를 설립 속성으로 인력을 배출하기 시작한 것이다.

3개월간 낮에는 직장에서 근무를 하고 밤에는 7시부터 10시까지 매일 무역 실무를 배워 나갔다. INCOTERMS[1]나, 신용장(Letter of Credit)의 기능 및 그 속에 들어 있는 여러 조건 및 용어를 배우기 시작하였으며, 선적과 관련 FOB, C&F, CIF 등 등의 생소한 언어를 그리고 그 용어의 법적 책임 한계 등을 배워 나갔다. 몸은 고되지만 새로운 분야에 대한 호기심으로 열심히 강의를 듣고 혼자 독학도 하며 업무를 배워 나갔다.

수출학교 수료증 (1974)

1) INCOTERMS: 국제상업회의소(ICC: International Chamber of Commerce)가 제정하여 국가 간의 무역거래에서 널리 쓰이고 있는 무역거래조건에 관한 해석 규칙이다.

수출 학교를 수료하고 나니 상사인 퇴계로 지점장이 농협 내에 무역을 담당하는 부서가 있으니 기왕 무역 업무를 공부했으니 '무역사업소' 근무를 하면 어떻겠느냐고 자상하게 길을 가르쳐 준다. 그렇지 않아도 지점의 업무에 흥미를 못 가진 나로서는 즉시 무역 사업소 근무를 지원하고 추천을 부탁했다. 그해 년 말 정규 인사 이동 시 무역 사업소로 발령이 났다.

시집 장가 가던 날 (1974)

1974년 군 제대와 동시에 그간 7년을 연애한 집사람과 6월에 역사학자 두계(斗溪) 이병도 박사의 주례로 명동 로얄 호텔에서 결혼식을 올렸다.

그리고 3개월의 야학(夜學)을 통해 진로를 틀기 시작한 것이다. 이제 결혼도 하였으니 가족 부양의 책임도 생기면서 대학 졸업 시 꿈꾸었던 대학원 진학은 멀리 떠나갔고 삶의 현장에서 하루하루 바쁜 나날을 보내게 되었다.

사람의 운명이라는 것이 어찌 보면 우연한 기회에 우연한 인연으로 바뀔 수 있다는 것이 무척 흥미롭다. 만일 그때 촉탁 사원의 책상 위에 놓인 책을 보지 못했다면 어찌 됐을까? 매일 똑같은 업무를 기계적으로 반복하며 숙달 이외에는 특별한 변화가 없는 지루하고 따분한 일에 파묻혀 일생을 보냈을지도 모른다. 정말 운명이란 이처럼 우연하게 다가왔다 스쳐 지나가는 것인가 보다.

이를 잡고 못 잡고에 따라 일생이 바뀐다 생각하니 두렵기도 하다.

농협 무역 사업소는 당시 큰 종합상사와 다름없이 수출 부서와 수입 부서로 나뉘어 한 조직 속에서 수출/입 업무를 모두 다룬 조직이다.

수출 부서는 한국 내에서 생산되는 농산물을 수출하는 수출 창구로써 당시 양송이 통조림이 최대 수출 품목이었다. 전국 30여 양송이 재배 농가에서 생산하는 양송이를 통조림으로 가공하여 미국, 캐나다, 유럽 주요국 독일, 스웨덴, 불란서 등 부유한 나라에 수출하고 있었다.

수입 부서에서는 농가에서 소요되는 비료 특히 요소(Urea)비료 등을 수입하는 조직으로 세계 농산물 수출 메이저 회사들 예컨대 카길(Cargill), 콘티넨탈(Continental) 등 굴지의 회사들을 상대로 입찰 업무를 진행하였으며, 벌크(bulk)화물 수송 선박을 차터(Charter)하여 운송하였기에 용선(傭船)에 따른 계약 조항에도 전문가 이상의 업무 지식이 필요했다.

1975~1976년 2년에 걸쳐 수출 수입 부서를 모두 경험하면서 누구보다 많은 무역 실무 지식을 쌓을 수 있는 귀중한 경험을 하였다.

그리고 그 당시 국내 재벌 그룹들이 앞다퉈 종합상사를 신규 설립 내지는 지정을 받아 너도나도 수출 입국 건설 대열에 참여함으로써 무역 일꾼들에 대한 스카우트 경쟁이 시작되었다.

1977년 초 나는 이런 흐름에 편승하여 당시 럭키 그룹(현 LG 그룹)의 무역 창구였던 반도 상사로 이직을 했다. 이로써 나의 진로는 바뀌기 시작하였으며 어릴 적 작은 아버님을 따라 꿈꾼 농업 교육자, 농업 행정가, 농업 외교관의 꿈은 점점 사라지기 시작하였다.

첫 해외 출장

1978년 초 반도상사(현 LG 상사)근무 시절이다.

하루는 구자두(具滋斗) 사장이 불러 사장실에 들어가니 반도상사도 1976년 제정된 수출 진흥을 목적으로 도입된 종합상사 지정에 관한 법률에 따라 종합상사 지정을 받아 금융 면에서나 세제상에서 여러 가지 특혜를 받고 있으나 종합상사 자격을 유지하기 위해서는 수출 품목 및 해외 시장의 다변화를 통해 수출 실적을 많이 올려야 하니 방법이 없겠느냐는 문제로 몇몇 부서의 실무 책임자들을 불러 모은 것이다.

당시 종합상사의 자격을 유지하거나 신규 취득하기 위해서는 자사의 수출 실적이 국가 총 수출액의 2%를 넘어야 했기에 종합상사 자격 유지를 위해서는 지정된 이후에도 수출 실적을 꾸준히 올려야만 했다.

당시 반도상사의 주력 수출품은 섬유 봉제 제품에 치우쳐 있어 종합상사 자격 유지를 위해서는 품목 다변화, 시장 다변화가 필요했기에 섬유, 봉제 이외 품목 담당자를 불러 모은 것이다. 그 자리에서 각자 맡고 있는 품목 중 단기간 내 수출 가능 품목 및 예상 금액을 한 사람씩 보고하는데 나는 전 직장 농협 무역 사무소에서 취급하면서 국내 생산자 및 해외 수입상 양쪽을 다 알고 있어 자신 있는 어조로 양송이 통조림 100

만 불 이상은 판매 가능하다는 보고를 하니 다들 놀란다. 구 사장이 미덥지 않은지 어떻게 세일즈를 할 것인지 구체적으로 묻는다.

기다렸다는 듯 나라별로 판매 가능한 고객 명단을 제시하며 설명을 하자 그 자리에서 지금 당장 출장 준비를 하라는 지시를 내린다. 그렇게 하여 생각보다 쉽사리 나의 첫 해외 출장이 이루어졌다.

출장 계획을 작성, 품의를 올렸다. 우선 스웨덴 스톡홀름부터 시작하여 독일 함부르크, 프랑크푸르트, 불란서 파리를 거쳐 미국 뉴욕, 샌프란시스코와 캐나다 몬트리올과 토론토, 밴쿠버를 방문 각 도시마다 3~4곳의 Customer 명단과 함께 대략 한 달 기간의 계획서였다.

사장의 재가가 금방 나 출장 준비에 여념이 없다. 당시만 해도 1인당 국민 소득이 1,000불 수준으로 해외에 나가려면 여간 까다로운 것이 아니었다. 수출 기업에도 수출 실적에 따라 회사별 여권 발급 숫자를 쿼터로 제한할 때이니 당시 사원(이전 직장 경력 포함 고참 사원이었지만) 신분으로서 해외에 나간다는 것은 쉽지 않은 일이었다.

Customer 들과 Meeting 일정을 협의 결정하는데 사장실에서 찾는다는 전갈이 왔다. 사장실에 들어가니 이번 출장길에 싱가포르도 들러 그 시장도 한번 보라는 지시를 한다. 아니 한겨울 2월에 출장을 가는데 다행히 계획한 지역 모두가 겨울철이라 다행이다 했는데 상하(常夏)의 나라 싱가포르가 추가되었으니 걸칠 옷도 따로 추가해 준비해야만 했다.

이렇듯 우여곡절 끝에 떠난 생애 첫 해외 출장이 세계 일주 여행이 돼버렸다.

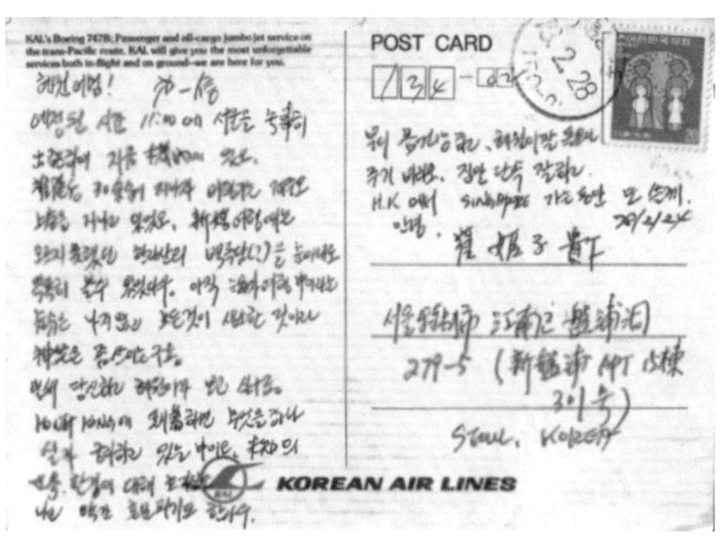
KAL's Boeing 747B; Passenger and all-cargo jumbo jet service on the trans-Pacific route. KAL will give you the most unforgettable services both in-flight and on ground—we are here for you.

POST CARD

KOREAN AIR LINES

첫 해외 출장 시 기내에서 쓴 편지 (1978)

기억에 남는 것이 독일 함부르크는 항구 도시이면서 무역이 발달하여 출장 기간 중 가장 많은 고객과 미팅 약속이 되어 있었다.

나중에 안 사실이지만 첫날 두 군데 업체와 상담을 하고 나니 소문이 돌았나 보다. 언제 누구와 만났으며 가격을 얼마에 제시했다는 구체적 이야기까지 서로들 꿰뚫고 있었던 것이다. 이를 안 것은 맨 마지막 날 규모가 큰 Customer 사무실에 들르니 이런저런 이야기를 털어놓는다. 그즈음에 한국의 다른 양송이 수출업체 두어 곳이 독일에 들러 수출 상담을 했는데 일부 업체는 가는 곳마다 가격을 계속 내렸다며 불만을 털어놓는다.

사실 일부 한국 업체 중에는 수주 욕심에 무작정 가격을 내려 빈축을 사는데 이런 것은 고객에게 신뢰만 떨어뜨리는 행동으로 수입상들도 좋아하지 않는다. 시장 가격이 안정되지 않고 계속 떨어진다면 누가 결정을 먼저 하겠는가?

돌이켜 보면 국 내외를 막론하고 한국의 일부 업체들은 동종 업종 간 서로 죽기 살기로 가격 경쟁을 하면서 결국은 둘 다 망해 버리는 어사망파 식 비즈니스를 하는데 이런 문제점을 지적한 나의 글 하나를 뒤에 소개한다.

나의 첫 해외 출장 그것도 세계 일주의 출장길에서 기억에 남는 것은 3월 중순 캐나다 토론토에 도착 주말을 맞은 때이다. 여기까지 왔는데 나이아가라 폭포를 안 볼 수 없지 하는 생각에 현지에서 1일 관광 코스를 선택해 구경을 하고 호텔로 돌아오니 저녁 늦은 시간이 되었다. 예정에 없던 관광을 하며 큰돈을 썼으니 얄팍한 주머니 사정 때문에 저녁을 건너뛰려 생각했는데 밤이 깊을수록 배가 더 고파진다.

주섬주섬 옷을 걸치고 밖엘 나가니 얼어 죽을 것 같다. 3월의 토론토 겨울 날씨 정말 대단하다. 후다닥 놀라 호텔로 돌아와 가져간 옷 중 제일 두꺼운 옷을 걸치고 다시 나가니 그것도 어림없다. 서둘러 제일 만만한 켄터키 프라이드 치킨을 사 들고 들어와 겨우 허기를 달랬다.

다음 날 일요일도 하루 종일 켄터키 프라이드 치킨으로 배를 채우니 나중에는 코끝에서 닭똥 냄새가 난다. 따듯한 서울 집 밥이 생각난다. 집 떠나면 개고생이라는 말을 실감한 주말이다.

출장 기간 내내 수주가 되는 대로 본사에 결과를 보고하여 계약 이행 사전 준비를 요청하였는데 당초 예상한 100만 불을 넘어 120만 불을 수주하여 첫 해외 출장의 임무는 무사히 마쳤다.

어사망파(魚死網破) 식 비즈니스

요즈음 경제가 어렵다고 걱정들이 많습니다. 특히 자영업 하시는 분들의 걱정이 더 큰 것 같습니다.

얼마 전 중앙 일간지 기사를 읽고 착잡한 생각을 지울 수가 없었습니다. 기사 내용은 어느 지방 도시 큰 상가 빌딩에 두 노래방 업주가 서로 경쟁을 하다 둘 다 망한 이야기가 실려 있었습니다. 원래 두 노래방 업주는 같은 업종의 사업을 하며 서로 아는 사이였는데 어느 날 한쪽에서 다른 업주가 장사하는 빌딩으로 이사를 하면서 같은 빌딩에서 경쟁이 시작되고 급기야 둘 다 망하고 친구 관계가 원수지간이 되었다는 기사입니다.

경쟁을 하다 보니 한쪽이 가격을 내리면 다른 쪽도 이에 질세라 가격을 더 내리고 이런 일이 반복되면서 끝내는 서로 감정싸움으로 번져 "너 죽고 나 죽자" 식으로 싸우다 모두 망했다는 겁니다. 사업을 시작한 이유가 살자고 한 것인데 끝에 가서는 죽자고 하였으니 시작을 아니 한 것만도 못 하게 되었습니다.

이런 비즈니스를 어사망파(魚死網破: 고기도 죽고 그물망도 찢어짐)형 비즈니스라고 합니다. 너 죽고 나 죽자 식 비즈니스인 것이죠.

타협과 공존의 길은 찾지를 않고 서로 혼자 살겠다 하고, 저쪽만 망(亡)하게 하면 내가 독점을 하는 것이고 저쪽에 가던 손님이 이쪽으로 몰려올 거라는 욕심만 눈앞에 어른거리니 욕심이 화(禍)를 부른 것입니다.

서로 머리를 맞대고 시장을 나눌 수는 없었나요? 나는 젊은 층을 상대로 할 테니 당신은 중 장년층을 상대로 하면 어떻겠소? 업장(業場)의 내부 장식도 거기에 맞게 우리 바꿉시다. 그리고 상대 연령층 손님이 오면 '다른 집이 더 편하니 그리로 가십시오.' 하면서 오손도손 같이 살길이 없었느냐 말이죠. 옛 이승만 박사의 정치 구호가 생각납니다.

"뭉치면 살고 헤어지면 죽는다."

그런 생각은 못 해 보셨느냐고요?

쌍미양난(雙美兩難)이란 말이 있습니다. 쌍(雙)이 되면 아름다워 서로 좋은 것이고, 둘(兩)로 갈라지면 서로 힘들어진다는 말입니다. 말 잘하는 재주꾼과 글 잘 쓰는 재주꾼이 만나면 쌍미(雙美)로 Win-win의 관계가 됩니다. 반면 위의 노래방 업주들처럼 둘(兩)로 갈라진 관계로 만나면 서로 다쳐 손해 보고 상처만 남게 됩니다.

한국의 비즈니스 세계에서는 경쟁사 간 서로 Win-win 하는 쌍미(雙美)보다는 양난(兩難)의 관계를 종종 보아 씁쓰레한 생각이 듭니다.

제 과거 경험에 비추어 보더라도 해외 시장에서 특히 건설업이나 조선업 등 덩치가 큰 기업들이 수주(受注)경쟁에서 우리나라 업체 간 종종 어사망파(魚死網破) 식 영업 활동을 하던 것을 보았습니다.

영국에서는 이런 경우 '신사협정(Gentleman's Agreement)'이라 하여 어느 해외 비즈니스에 다른 경쟁사가 우선 수주 진행을 하면 다른 동종 기업은 그 프로젝트에 뛰어들지 않는다는 묵계(默契)가 있어 자국 기업 간 경쟁은 거의 찾아볼 수 없습니다.

혹 두 업체 간 경쟁이 있다면 서로 만나 누가 그 프로젝트에 일찍 더 깊이 관여를 해 왔고 어느 업체가 수주에 유리한지 솔직히 이야기하면서 서로 조정하는 과정을 거쳐 국가 대표(?)를 선발 출전시킵니다.

하지만 우리 기업의 경우 예부터 "싸우면서 건설하자"는 구호 때문인지 죽기 살기로 싸우면서 경쟁을 하다 보니 수주를 하더라도 상처뿐인 영광의 경우가 많이 있었습니다. 과거 건설업에서 주로 나타난 현상으로 이런 과정에서 내로라하던 큰 건설 회사들이 안타깝게 사라져 버렸습니다.

이는 과거 해외 건설 시장이 토목 공사 위주여서 기술이나 품질 수준을 가지고 경쟁을 하기보다는 주로 가격으로 경쟁하는 시장이었기 때문이 아니었나 싶습니다.

해외 발주처는 가만히 앉아 있어도 한국 업체 간 경쟁으로 싼 가격에 주문을 할 수 있었고, 우리는 남의 비즈니스를 우리 리스크(Risk) 하

(下)에서 하고 있었으니 소위 자선 사업형 비즈니스를 한 셈이나 다름이 없습니다.

서로 신뢰가 부족하여 대화나 협상이란 존재하지 않고 오직 죽기 살기로 밀어붙이기나 하고, 상처뿐인 적자 수주에도 상대를 꺾은 그 용맹함에 개선장군의 칭호를 달아주는 것이 일부 업계의 과거 행태였습니다.

이제 우리나라도 세계 12위 권의 경제 대국이 되었으니 그런 천민(賤民)자본주의는 떨쳐 버리고 품위 있고 존경받는 기업이 많이 나타나기를 기대해 봅니다. 어사망파 식이 아니라 누이 좋고 매부 좋은 쌍미(雙美)의 그런 비즈니스 말입니다.

인도의 타타 그룹 회장은 2003년 여름 어느 비 오는 날 저녁 뭄바이 도심에서 4인 가족이 비를 맞으며 스쿠터를 타고 가다 빗길에 미끄러져 온 가족이 길바닥에 내동댕이쳐진 끔찍한 상황을 목격하고 미화(美貨)2,500불짜리 초저가(超低價) 소형차를 개발할 결심을 발표하여 세상을 놀라게 하였습니다.

개발 목적은 4인 가족이 비를 맞지 않고 안전하게 이동할 수 있어야 하며, 그리고 스쿠터를 타는 사람의 경제적 능력에 맞도록 저가(低價)여야 한다는 것이었습니다. 우리가 소위 말하는 목적이 이끄는 기업(Purpose Maximizer) 회장의 따스한 마음에서 우러나온 사업 계획입니다.

2,500불짜리 차라면 분명 엔진이 없는 차일 것이라는 등 온갖 세간의 조롱을 받으며 불가능하다는 일을 타타 그룹은 2008년 약속한 대로 '아주 작다'라는 의미의 "나노"라는 이름으로 소형차를 개발 '인도 국민을 위한 선물이다'라는 발표와 함께 시장에 내놓았습니다.

그렇게 탄생한 '나노'는 타타 그룹 회장의 따뜻한 마음처럼 인도인들의 사랑을 받는 국민차로 오늘도 인도 거리를 달리고 있습니다.

_ 기고 글 2018/07/07

기로에 선 진로

1978년 말이다. 반도 상사(현 LG 상사)에서 현대종합상사로 직장을 옮기고 나서 얼마 안 돼 큰 조직 변동이 생겼다. 당시 현대건설은 중동에서 규모가 큰 건설 공사를 잇달아 수주 승승장구할 때였다. 막대한 외화 수입으로 옛 경희궁 터였던 서울고등학교 부지를 사들이고, 계동에 있는 옛 휘문고등학교 부지를 사들이며 사세를 무섭게 확장하고 있었다.

당시 현대종합상사는 단시간에 사세 확장을 위해 3차에 걸쳐 300여 명의 경력 사원을 모집하였는데 중역급을 비롯, 부장에서 고참 사원에 이르기까지 무차별 채용을 하였다. 그리고 많은 해외 지사도 동시 다발적으로 설립 입사 채 1년도 안 된 직원을 해외 지사에 내보내 다른 경쟁 업체들의 비상한 관심을 끌기도 하였다. 나도 이런 시기에 3차 경력 사원 모집 때 옮긴 것이다.

짧은 시간에 뚜렷한 방향 설정도 없이 머리 큰 경력 사원들을 대량 채용하여 이들을 데리고 운영을 하려다 보니 서로 다른 환경에서 근무하던 직원들 간 자기가 경험한 방법이 옳다고 주장들을 하니 목표와 방향을 설정하는데 많은 혼선이 빚어지기도 하였다.

이런 와중에 큰 방향으로 현대종합상사는 그룹사에서 생산하는 선박을 비롯, 자동차 등 중공업 제품 수출을 중심으로 하며, 타 종합상사에서 주 품목으로 취급하는 섬유, 봉제, 일반 상품 등은 취급하지 않거나 축소하는 방향으로 결정이 났다. 중후 장대한 중공업 제품을 다루던 현대그룹 입장에서는 섬유, 봉제, 일반 상품들 취급해야 몇 푼이나 벌겠느냐는 생각이 밑바닥에 깔려 있었던 듯싶다.

이러한 대원칙하에서 조직 변동이 시작되었는데 많은 인력들이 그룹 계열사로 발령이 났다. 그룹 종합 기획실에서 희망하는 계열사를 적어 내라 하는데 무역 업무를 하고자 종합상사에 온 사람에게 계열사 제조 공장으로 가라니 막막한 심정이었다. 결정을 못 하고 그간 경험을 가진 농산물을 중심으로 독립하여 회사를 차릴 생각에 명동 일대 사무실을 알아보니 당시 내 경제 형편으로는 어림이 없다.

그렇게 결정을 못 하고 한 달여 시간을 보내고 있던 중 종합 기획실에서 현대차량(현 현대로템)이라고 철도 차량을 생산하는 회사가 현대중공업에서 분리돼 나와 신설이 됐는데 거기서 나를 원하고 있으니 의향이 있느냐 물어왔다.

솔직히 나는 무역 업무를 하고자 종합상사에 지원을 했었는데 이제 제조 공장으로 가라니 경험도 없고 어디가 좋겠다 할 형편이 되지 못한다 설명을 하였다. 종합 기획실 직원이 그래도 신설 회사이며 초빙하는 곳에 가는 것이 기회가 많지 않겠느냐는 설득에 좋다고 답변을 하였다.

그리하여 현대차량이라는 회사로 옮기게 되었으며 해외 수출부에 근무하게 되었다. 이로써 농업 협동조합 중앙회로부터 시작한 나의 직장 생활이 자의 반 타의 반으로 네 번째 직장을 갖게 되었다. 직장인들이 한번 들어간 직장을 평생직장으로 여기던 시절에 예사롭지 않은 경우였다.

당시엔 국가적으로나 그룹 내에서도 영어를 제대로 하며 외국인과 상담을 할 만한 능력을 가진 인력이 턱없이 부족하여 그룹 내에서 과장에서 부장에 이르기까지 중견 간부들을 대상으로 영어 원어민 교사를 데려다 놓고 영어 교육을 의무적으로 받도록 하였으며, 교육 수료 후 필기 및 회화 시험을 치르고 그 결과를 각사 사장에게 통보하도록 하였다. 그리고 해마다 영어 토익 시험을 전 직원이 보도록 하여 인사 고과에 반영하면서 해외 사업에 필요한 인재를 길러내고 있었다.

현대차량으로 옮긴 후 나도 예외 없이 간부들 영어 교육에 참여하게 되었다. 한 클래스가 30여 명 정도로 외국인 원어민이 집중적으로 교육을 한다.

교육 수료 후 얼마 지나지 않아 총무부에서 연락이 왔는데 내 성적이 그룹 전체에서 1등을 했다는 것이다. 그리고 그 결과는 사장에게 보고가 됐다.

사장실에서 불러 가 보니 영어 시험에서 그룹 1등을 한 것이 대견했던지 또다시 이것저것 물으며 영어로 답변을 해보란다. 당시 사장은 정부 경제기획원 차관보 출신으로 70년대 우리나라 외자 유치 업무를 도맡아 한 해외 경험이 풍부한 정문도(鄭文道) 사장이시다. 그분의 영어는 표현하기 어려운 음담패설까지도 유창하게 영어로 하던 분이다.

본의 아니게 사장 앞에서 재시험을 치르고 나니 회사에서 영국 런던에 지사를 설치하고자 하는데 해외 근무 의향이 있느냐 물으며 집안에는 해외 근무 시 별문제가 없는지 묻는다. 아무런 지장이 없다 답변하고 방을 나왔다.

회사 내에서는 금방 소문이 퍼졌다. 인사 발령이 난 것도 아닌데 금방 떠날 사람처럼 매일 저녁 송별회를 빙자한 술자리가 벌어졌다.

1981년 1월 런던 근무 인사 발령이 났다.

34세 과장 신분으로 1인 지사의 장이 되었다. 더군다나 런던은 기존에 있는 지사에 발령이 난 것이 아니고 처음 지사를 설립하는 곳이니 도착하자마자 지사 설립도 같이 해야 해 몸이 무척 바쁘게 되었다. 담당해야 할 지역도 중동 아프리카 지역으로 약 67개 나라를 담당해야 했으니 아마도 유엔 사무총장 다음으로 많은 나라를 상대해야 했다. 그것도 혼자서 말이다.

종합상사를 벗어나 생산 공장으로 가면 해외 근무 기회가 없을 줄 알았는데 그룹사에서 시행하는 영어 교육반 덕에 의외로 일찍 기회가 찾아온 것이다. 뒤에 언급하겠지만 어릴 적 영어를 접하게 만들어준 분들에게 고마울 따름이다.

영국 런던

– 첫 해외 주재

영국에 주재원으로 근무를 하려면 영국 정부로부터 소위 노동 허가증(Work Permit)을 발급받아야 한다. Work Permit을 받으려면 우선 영국 신문에 그 Job에 대한 채용 공고를 내고 현지에서는 마땅한 지원자가 없으니 한국인을 고용해야겠다는 증빙을 갖춰 이민국에 서류를 제출하고 심사를 통과해야 발급받을 수 있다. 이런 절차를 밟는데 보통 수개월이 걸리기 때문에 우선 방문객 신분으로 몸부터 가서 일을 시작하면서 절차를 밟는 게 현대 스타일이다.

DL

IMMIGRATION ACT 1971 | WORK PERMIT | Permit no. F 005697L

Department of Employment, **Overseas Labour Section**
Ebury Bridge House, Ebury Bridge Road, London SW1W 8PY

Ref. No. 03/07/0304	Date of Issue 13 JULY 1981	Period covered by permit ELEVEN months from date of entry to UK
PARTICULARS OF PERMIT HOLDER		PARTICULARS OF EMPLOYMENT
Surname CHUNG		Employer's name and address HYUNDAI HEAVY INDUSTRIES CO LIMITED LONDON LIAISON OFFICE ST MARTIN'S HOUSE 1 HAMMERSMITH GROVE LONDON W6 0NB
Other names JIN-TAI		
Date of birth 21 DECEMBER 1947	Sex MALE	Telephone No. 741 1531 EXT 212
Passport number 1154025		Salary/remuneration N/A
Issuing government KOREA		Occupation REPRESENTATIVE (LIAISON AND PURCHASING) (ICT)
OFFICIAL STAMP		MLH 866 061.99 F 005697L

Please read the conditions printed on the back.
Signed on behalf of the Secretary of State for Employment

Part I

O W 2 (1980)

영국 노동 허가증(Work Permit) (1981)

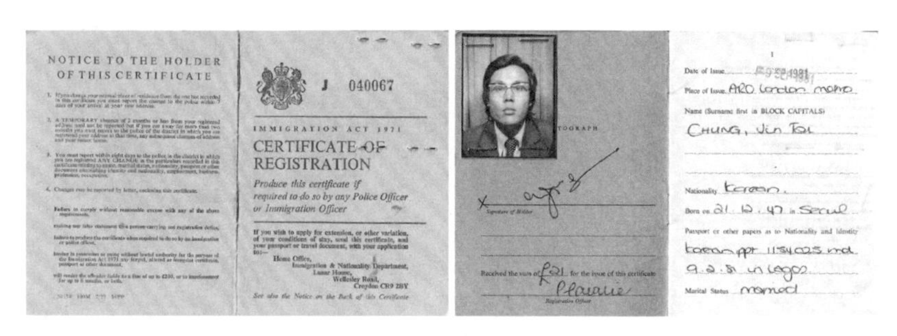

NOTICE TO THE HOLDER OF THIS CERTIFICATE

4. Changes may be reported by letter, enclosing this certificate.

J 040067

IMMIGRATION ACT 1971

CERTIFICATE OF REGISTRATION

Produce this certificate if required to do so by any Police Officer or Immigration Officer

If you wish to apply for extension, or other variation, of your conditions of stay, send this certificate, and your passport or travel document, with your application to:—

Home Office,
Immigration & Nationality Department,
Lunar House,
Wellesley Road,
Croydon CR9 2BY

See also the Notice on the Back of this Certificate

Signature of Holder

Received the sum of £21 for the issue of this certificate

Registration Officer

Date of Issue 9 SEP 1981

Place of Issue ARO London mobile

Name (Surname first in BLOCK CAPITALS) CHUNG, Jin Tai

Nationality korean

Born on 21. 12. 47 in Seoul

Passport or other papers as to Nationality and Identity korean ppt 1154025 md 9.2.81 in Lagos

Marital Status married

영국 외국인 거류증 (1981)

런던에 부임을 하니 Putney이라는 동네에 규모가 큰 집을 빌려 방마다 2명씩 배정을 해 기숙사 식으로 운영을 하며 한국에서 데려간 아주머니 한 분이 식사 문제를 해결해 주고 있었다. 당시에는 해외 주재원이라도 가족 동반은 허용되지 않을 때여서 불만들이 많았던 시절이다.

가족 동반을 허용하지 않은 이유는 여러 가지였었는데

첫째, 중동 지역에 나가 있는 현대건설 직원들은 열사의 땅에서 가족 없이 고생을 하는데 런던같이 좋은 환경에서 배부른 소리 하지 말라는 것이며,

둘째, 가족을 내보내면 가족들 뒷바라지하느라 업무에 소홀해지기 마련이며,

이것이 진짜 이유였겠지만 세 번째 이유는 가족을 내보내면 거기에 맞게 살 집을 마련해 주어야 하며, 애들 학교 교육비 문제도 있으니 회사 재정 부담이 너무 크다는 이유다.

대부분 주재원들이 차, 부장급으로 30대 후반 40대 초반이었으니 혈

기가 왕성할 때 이산가족을 만들어 비인도적(?) 대우를 했음에도 불구하고 그룹 내에서 선발된 엘리트들이라는 선민의식(選民意識) 그 하나로 모두들 참고 지내던 시절이다. 이런 상황 속에서 일부 용감한 직원은 개인 부담으로 가족을 데려와 살다가 발각이 되어 귀국 명령을 받기도 했다.

다행히 내가 부임 후 6개월여 뒤 운영하던 기숙사는 폐쇄되었고, 각사별로 가족 동반을 허용하기 시작하였다. 나도 본사에 가족 송출을 요청하니 묵묵부답이다. 당시 애들이 6살 3살 때였으니 얼마나 보고 싶었겠는가? 당시 나이지리아 철도청으로부터 화차(貨車) 183량을 막 수주하고 영국 Crown Agent라는 회사로부터 도면 승인을 받아야 하는 바쁜 시기였다. 한 달여 시간이 흐른 뒤 다시 조심스레 가족 송출을 요청했다. 또다시 대답이 없다.

현대중공업으로부터 갓 독립한 신생 회사로써 재무 상태가 그리 좋은 편은 아니었으니 돈 드는 결정은 가급적 피하는 눈치다. 그리고 다시 한 달여의 시간이 흘렀다. 어느덧 서울에는 추석 분위기에 휩싸여 있던 때이다.

세 번째 전문을 보냈다. 강도가 센 내용으로 개인적 문제로 자꾸 이야기 하고 싶은 사람은 없다. 가족 송출 계획이 없으면 본사로 귀임하도록 발령을 내 달라, 하는 최후통첩성 전문을 보냈다. 그다음 날 총무부장으로부터 반응이 왔다. 아마 그제서야 사장에게 보고를 한 모양이다. 언제 보냈으면 좋겠느냐 묻는다. 기회를 놓칠세라 내일이라도 좋으니 당장 보내 달라 했다. 이런 북새통을 겪고 가족들은 추석 전날 파리를 거쳐 런던에 도착했다.

본사에서 결정을 안 해 주니 집을 구 할 수도 없고 하여 가족이 도착했을 때 집 장만을 못 한 상태였다. 회사 인근 작은 호텔 방을 구해 피난민 생활을 시작했다. 그때부터 집을 구하기 시작하는데 통상 3~4주의 시간이 걸린다.

서둘러 보름간의 작은 호텔 방 난민 생활을 청산하고 뉴 멀든(New Malden)이라는 런던 외곽 셔리(Surrey) 지역에 집을 구해 런던 생활을 시작했다. 당시 많은 현대그룹 직원들이 킹스턴(Kingston)지역에 살았으며 뉴 멀든 지역은 내가 첫 한국인이었다.

영국 런던 주재 차 출국, 김포 공항, (1981)

거의 40년 전 일인데 나의 첫 해외 거주 생활 때문인지 지금도 엊그제 일처럼 기억이 생생하며, 눈앞에 영화 필름처럼 선명하게 돌아간다.

1981년 대한민국 1인당 국민 소득 1,750불. 가난한 나라였다.

많은 우여곡절 끝에 받아 낸 결과이지만 가난한 나라에서 온 가족이 한 세기 전까지만 해도 해가 지지 않던 세계 최강의 나라, 신사의 나라, 유럽 최고의 문명을 자랑하는 산업 혁명의 발상지 영국에서의 생활이 시작되었다는 것이 믿어지지 않는다.

많은 것을 보고 배우며 100여 년 전 선조들의 쇄국 정책으로 늦게 배우기 시작한 선진 문물을 초강력 진공청소기로 빨아들여 귀국 후 주위에 전파하여 후진국에서 빨리 벗어나도록 해야겠다 굳게 다짐한다.

이방인의 런던 정착기

살 집을 마련하고 나니 이것저것 생활에 필요한 일들이 생겨난다. 우선 관할 경찰서에 외국인 거주 신고를 하고, 우리로 치면 구청(Borough)에서 보내온 구역 내 학교 및 병원 명단을 보고 가까운 공립 학교에 큰딸 혜원이를 입학시키기 위해 교장 선생과 인터뷰 날짜를 잡고, 병원을 정해 앞으로 그 동네에 사는 동안 우리 가족의 건강을 돌봐줄 주치의(General Practitioner)를 만나 환자 등록을 했다. 영국은 의료제도(NHS)가 잘 되어 있어 주치의는 등록된 환자 숫자에 정부에서 정한 의료 수가(酬價)를 곱한 것이 의사의 월급이 되는 제도이다.

우선 급한 대로 학교 및 의료 문제가 해결되었으니 그다음은 먹는 문제이다. 가까운 슈퍼마켓을 찾아 이것저것 기초(?) 생활용품을 마련하고 부족 하나마 살림살이가 시작되었다.

한참이 지나 여유가 생겼을 때 주변 동네를 돌아다니며 이것저것 필요한 것들을 찾아내기도 하고 없는 것은 개발하기도 하며 런던 생활과 한국 생활의 조화를 이루어 나가기 시작했다.

그중 기억에 남는 것이 동네 인근에 있는 푸줏간이다. 기억으로는 블

란덴 푸줏간((Blunden Butchers)이라는 정육점이다. 런던 생활에 익숙해 질 무렵 한국에서 즐겨 먹던 삼겹살 그리고 겨울철 꼬리곰탕이 생각나 어느 주말 그 정육점에 들러 이런저런 이야기를 나누다 삼겹살과 소 꼬리 이야기를 꺼냈다. 처음에는 잘 이해를 못 해 그림을 그려가며 이런 것을 구해 줄 수 있느냐 부탁했다. 특히 소 꼬리의 경우는 이해를 시키는데 무진 애를 먹었다. 몇 차례의 시행착오 끝에 드디어 삼겹살과 소 꼬리를 구할 수 있었다. 소 꼬리는 거의 공짜로 얻다시피 했다. 그 후 그 집이 입소문이 나면서 한국 사람들이 몰리기 시작하여 장사가 꽤 잘 됐으며 듣기로는 지금도 3대째 영업을 한다는 소식을 들었다. 여하튼 뉴 멀든(New Malden) 초창기 주민으로서 족적을 남긴 것 같아 보람이 있다.

뉴 멀든(New Malden)에서의 기억 중 또 한가지는 6살 큰딸 혜원이는 인근의 New Malden Christ Church Infant School에 입학하여 다니고 있었다. 영국에서는 아이 학교 등 /하교 시에는 보호자가 예외 없이 아이를 Pick-up 해야 하며, 보호자가 오지 않으면 교장 선생님이 보호자가 올 때까지 아이를 데리고 있다.

하루는 혜원이 하교 시간이 되었는데 마침 동생 용원이가 깊은 낮잠에 빠져 곤히 자고 있어 금방 가서 혜원이를 데리고 올 요량으로 엄마가 조용히 집을 빠져나와 혜원이 학교로 갔다. 혜원이가 수업을 끝내고 나오길 기다리는데 먼발치에서 키가 헌칠한 경찰이 한쪽 팔에 웬 꼬마 녀석을 안고 오는 것이다. 자세히 보니 곤히 잠자던 용원이다.

깜짝 놀라 다가가니 경찰이 댁의 아들이냐 묻기에 그렇다 대답하니 어린아이가 혼자 길을 걷는 것을 발견하고 미아(迷兒)가 될까 걱정이 돼 보호자를 찾는 중이라 설명하며 아이를 혼자 내버려두면 처벌받을 수 있으니 주의하라는 경고를 받고 모자(母子)가 상봉을 했다.

놀란 가슴을 쓸어내리고 혜원이와 같이 집으로 돌아 와 보니 대문이 열려 있어 어찌 된 일이냐 물으니 용원 녀석이 혼자 집을 나서며 혹 엄마를 못 만나면 다시 집에 들어와야 하니 문을 꼭 닫지 않고 살짝 열어 놨다는 것이다. 어린 녀석이 다음 단계를 생각하며 나름 머리를 쓴 흔적을 보니 기특한 생각도 들고 한편 집에서 기다리지 않고 혼자 길로 뛰쳐나와 혹 길이라도 잃었으면 어쨌나 싶은 걱정도 된 사건이었다.

지금도 마찬가지이겠으나 런던에서 집을 구할 때는 소위 복덕방(Real Estate Agency)을 통한다. 복덕방은 집주인을 대신해 매매, 임대, 보수 등의 관리를 대행해 주고 집주인으로부터 일정 수수료를 받는다.

복덕방들이 집주인으로부터 수수료를 받아 운영을 하다 보니 세입자보다는 집주인의 입장에 서서 일을 한다. 그럴 수밖에 없는 것이 혹 불량 세입자라도 만나 월세를 못 받는다든지 문제가 생기면 복덕방이 책임을 져야 하니 깐깐히 따질 수밖에 없다. 셋집을 구하는데 통상 3~4주의 시간이 걸리는 것이 세입자의 신용 상태를 조사하고 점(占)까지는 안 보겠지만 세입자가 혹 문제를 일으키지는 않겠는가 나름 여러 가지 조사를 하기 때문이다.

양측이 모두 동의하여 계약서에 서명하는 데도 시간이 걸린다. 우선 계약서가 책 한 권 분량인 것에 놀란다. 한국에서 달랑 종이 서너 장의 계약서만 보다가 책 한 권 분량의 계약서를 보면 숨이 막힌다. 그 속에 무슨 독소 조항이 있는지 짧은 영어 실력으로 눈을 부릅뜨고 모두 읽어보아야 한다. 그것도 법률 용어투성이이니 기가 팍 죽는다.

계약 내용에 이견이 없으면 집 현장에 가서 소위 Check-in 절차를 밟는다.

영국에서의 셋집은 대부분 모든 집기가 갖추어진 소위 Fully Furnished 집이다. 어떤 집은 포크, 나이프까지 갖추어 있어 정말 몸만 들어가 살면 되는 집이다. 그런데 편리하긴 한데 Check-in 시 포크, 나이프(비치된 경우)가 무슨 브랜드에 숫자가 몇 개인지부터 시작하여 벽지는 무슨 색깔에 상태가 어떠한지, 책상, 의자, 소파, 침대 등등 모든 가구들의 숫자 및 상태를 확인하는 절차를 밟으니 이건 보통 일이 아니다.

재미있는 현상은 Check-in 시 아주 젊고 예쁜 여직원이 나와 계약서를 들고 돌아다니며 모든 가구의 상태는 페어(Fair, 깨끗하다는 의미)라고 외치고 다니며 오케이 오케이 하며 묻는다. 그 당시 대부분 젊은 한국 사람들은 처음 겪는 상황에, 팔 등신 미녀가 나와 유창한 영어로 휘젓고 다니니 온통 혼이 빠져 대부분 말 한마디 못하고 Check-in 절차는 끝이 난다.

이왕 집의 Check-in 절차에 대한 이야기가 나왔으니 집을 떠날 때 Check-out 절차도 설명을 하고 마치겠다.

Check-out 절차는 계약서상에 나타나 있는 재물(Inventory)이 제대로 있는지 확인하는 절차이다. 여기서 분실을 했거나 훼손을 했으면 나중에 환가(換價)를 하여 보증금에서 제한다. 그런데 재미있는 것은 Check-out 할 때는 Check-in 당시 혼을 빼놨던 젊고 예쁜 팔등신 미녀 직원이 아니고 늙은 할머니가 두꺼운 돋보기안경을 끼고 나와 Inventory Check 및 가구 및 비품의 상태를 확인한다.

문제는 여기서 늙으신 마나님의 두꺼운 돋보기가 진가를 발휘한다. 벽의 못 자국 하나에서부터 작은 흠집이란 흠집은 모두 잡아내며 기록한다. 정말 노소(老少)의 환상적인 역할 분담이며 늙으신 마담도 Job을 가지고 전문성을 발휘할 곳이 있다는 것을 눈으로 확인할 수 있는 순간이다.

이런저런 과정을 거쳐 결국 돌려받아야 할 보증금에서 10~20%는 씁쓸히 빼앗기고 탈출을 한다.

우리 가족 '런던 명물' 타보다 (1981)

영국병

- 대처리즘(Thatcherism)

영국에 주재하기 시작한 첫해 1981년 7월 런던에서는 세기적 행사가 벌어졌다. 영국 왕실 찰스 왕세자와 다이애나 스펜서 왕세자 비의 결혼식이 거행되었다.

7월 29일 결혼식 날 아침 일찍 채비를 하고 버킹햄 궁전으로 향했다. 세기적 결혼식을 좀 더 가까운 현장에서 보기 위해서 서둘렀다. 도착하니 벌써 버킹햄 궁전에서 웨스트민스터 사원으로 향하는 도로에는 많은 인파가 몰려 있었다. 아직 서울에서 가족들이 합류하기 전이라 혼자 이 세기적 장면을 보려니 아쉽기도 하다.

드디어 신랑 신부가 탄 금 마차가 버킹햄 궁을 떠나 인파 앞으로 다가온다. 내 눈앞을 지날 때에는 이것이 꿈인지 생시인지 모를 정도로 화려한 마차 행렬에 넋을 잃었다. 신부 다이애나의 모습은 황홀경 그 자체였다.

이 역사적 현장에 내가 있었다는 흥분에 흠뻑 젖어 결혼식 기념주화, 머그잔, 우편엽서 등등 눈에 보이는 대로 기념품들을 사 모았다. 지금도 집안 한구석에 역사의 한 조각으로 남아있다. 한 주인공은 이미 이 세상을 떠났으니 훗날 역사는 어떻게 쓰여져 있을까? 비운의 다이애나 왕세자 비?

영국 왕실 근위대 (1981)

영국은 1970년대부터 과도한 사회 복지 비용과 막강한 노조의 영향으로 지속적인 임금 상승과 생산성 저하로 인해 소위 영국 병(British Disease)에 걸려 있었으며 급기야 1976년에는 국제 통화 기금(IMF)으로부터 구제금융을 지원받는 비참한 상황이었다. 불과 반세기 전까지만 해도 세계를 호령하고 해가 지지 않던 나라로 자리매김했던 나라의 체면이 말이 아니었다.

내가 영국에 주재한 첫해 영국 의회에서는 영국을 방문하는 여행객에게 무상 의료 혜택을 계속할 것인가 아니면 중단할 것인가 하는 문제로 한창 논쟁 중이었다. 영국을 방문하는 모든 여행객에게 무료로 의료 혜택을 주니 중동 및 아프리카에서 임산부들이 산월(産月)이 가까워지면 영국으로 건너와 병원에서 아이를 무료로 낳고 아이에게는 영국 시민권이 주어지니 국가 재정에 큰 부담이었다.

계속 무상 지원을 해야 한다는 쪽 주장은 아이가 영국에서 태어나면 평생 영국을 생각하며 고마워할 것이라며 그것을 어찌 돈으로 따질 수 있느냐 하고, 다른 쪽에서는 지금 국고가 파탄이 난 상황에서 자국민도 아닌 외국 여행객에게 그럴 필요가 없다는 주장이다. 결국은 국가 재정 문제로 여행객에 주던 혜택은 사라졌지만 이런저런 이유로 영국은 속으로 많이 곪아 있던 상황이었다.

내가 직접 경험한 또 한가지 예는 어느 날 집 꼬마 녀석이 사탕을 즐겨 먹었는지 충치가 생겨 이를 뽑기 위해 동네 치과엘 데려갔다. 치과에 들어서자 눈치 빠른 녀석이 울기 시작했다. 의사가 한참을 기다리더니 어린이 병원을 소개해 줄 테니 그곳으로 가란다. 소개장을 들고 어린이 병원을 찾아가니 대기자가 많아 두 달 뒤에 치료 일정을 잡아 준다.

다행히 큰 통증 없이 지내다 두 달 뒤 약속된 날짜에 꼬마를 데리고 어린이 병원엘 갔다. 입원 수속을 하란다. 아니 웬 입원? 병원 측 설명에 의하면 아이가 병원에 대해 거부감이 생기지 않도록 입원을 하여 하루 이틀 병원 분위기에 익숙해 지고 나서 치료를 한다는 것이다. 억지로 치료를 하여 어렸을 때 병원에 대한 거부감을 심어주면 평생 병원에 대해 겁을 먹으니 바람직하지 않다는 친절한 설명과 함께…….

첫째 날 그리고 둘째 날 하루 종일 장난감을 가지고 놀며 신이 났다. 이제 병원이라는 것을 잊어버린 듯싶다. 3일째 되는 날 이를 뽑기 위해

마취를 했다.

마취가 깨지 전에 이를 뽑아야 하는데 소식이 없다. 확인을 해 보니 응급 환자가 들어 와 그 환자부터 치료를 해야 하니 기다리란다. 그러는 사이 꼬마 녀석이 마취에서 깨어나 물을 달란다. 간호사가 물을 먹이면 안 된다 하며 말린다.

꼬마 녀석은 죽겠다 하며 물을 달라 하고 간호사는 물을 먹이면 마취가 소용없어지니 안 된단다. 사이에 끼여 진땀을 흘리는데 도무지 금방 치료가 될 것 같지도 않다. 전쟁터에서 돌격이냐 후퇴냐를 결정해야 하는 장군의 심정으로 물을 먹이기로 결심을 했다. 간호사가 쫓아와 물을 먹이면 치료를 못 한단다.

알겠다 하고 물을 먹이니 간호사가 서류 한 장을 가져와 서명을 하란다. 읽어 보니 아이의 치료를 부모가 거부하여 치료를 못 했다는 내용으로 병원 측에서 면책을 위한 방편으로 요청을 한 것이다. 서류에 서명을 하고 아이를 둘러업고 병원을 나와 개인이 운영하는 유료 치과 병원으로 데려가 이를 뽑았다.

2박 3일간 무료로 먹고 자고 하면서 결국은 치료도 받지 못하고 나왔으니 영국 정부에 감사를 해야 할지 아님 쓴 소리를 해야 할지……?

드디어 1979년 보수당의 대처 총리가 집권을 했다. 정부의 재정 지출 삭감, 공기업 민영화, 공공 부문 개혁 단행 등 칼을 휘두르기 시작했다.

이 과정에서 야당 당수보다 세다는 탄광 노조 위원장과의 대결은 한 치의 양보도 없는 혈전이었다. 기억으로는 카길이라는 노조 위원장이 매일 TV에 나와 적자 탄광은 문을 닫겠다는 대처 정부에 반기를 들었다. 국회 의사당 앞에서 데모를 하고 일 년 반 동안 파업을 계속했으나 대처 정부는 이에 굴하지 않고 원칙대로 처리하여 탄광 노조를 굴복시켰다. "철의 여인"이라는 애칭(?)이 이때 붙여졌다.

영국 다이아나 왕세자비 결혼식 기념품 (1981)

왜 영국인가?

영국이란 곳이 한국의 물건을 다량 수입하는 소비 시장도 아닌데 런던에 주재하는 이유는 무엇일까? 과도한 복지 정책으로 나라의 곳간이 비어 국제 금융 기구로부터 구제 금융을 받아야 했으며 잦은 파업으로 인해 사회 곳곳이 병들어 있던 영국이란 나라에 둥지를 틀고 앉은 이유는 무엇일까?

그 이유는 중동 아프리카 대부분 국가들이 옛 영국의 식민지였다가 60년대 들어 독립한 국가들이기 때문에 이들 중동 아프리카를 상대로 비즈니스를 하는 데에는 영국이 꼭 필요한 곳이기 때문이다.

옛 영국 식민지 시절에는 모든 국가 시스템이나 주요 기간 시설들이 영국 회사들에 의해 설치, 운영되었기 때문에 영국의 많은 회사들이 중동, 아프리카 시장을 잘 알고 있다.

내가 주재를 시작한 1980년대 초반은 많은 중동 아프리카 국가들이 영국으로부터 독립한 지 15~20년이 흐른 뒤여서 국가 운영 시스템이나 주요 설비들을 영국의 그늘에서 벗어나 독립적으로 선택할 수 있는 능력을 어느 정도 갖춘 시점이었다.

많은 중동 아프리카 국가들이 국가 기간 시설을 세계은행이나 다른 국제 금융 기구로부터 차관을 얻어 독자적으로 구매 입찰을 진행하면서 영국에 대한 의존도를 낮추어 나갔다.

이러한 시점에 한국의 대기업들이 가격 경쟁력을 바탕으로 시장에 뛰어들었으니 그동안 식민지 시절 영국 표준(British Standard)에 묶여 꼼짝없이 영국 회사 제품을 선택의 여지도 없이 비싼 가격에 구매하다가 이제 독립하여 독자적 결정을 할 수 있고 때론 짓궂은 갑(甲)질도 할 수 있게 되었으니 얼마나 좋았겠는가?

이런 시대적 배경으로 1970년대부터 한국 기업 특히 현대그룹은 절호의 기회를 맞아 중동 건설 시장에서 많은 대형 프로젝트들을 수주할 수 있었다.

내가 담당했던 철도 차량 분야도 많은 중동 아프리카 나라들에 영국 제품의 철도 차량이 운영되고 있어(대부분 천연자원 등을 수송하기 위한 목적으로 설치되었지만) 영국의 철도 차량 메이커 및 관련 부품 업체들로부터 각국의 구매 정보를 얻는데 최적의 장소였다.

사실 당시 중동, 아프리카 시장은 교통 면에서나 정보 면에서 접근하기 쉽지 않은 시장이었다. 이유는 운영 시스템이 열악하거나 구매 계획 등 고급 정보는 제한된 소수의 고위직 외에는 알지 못하기 때문에 더욱 어려움이 큰 시장이었다.

하나 내가 맡고 있던 철도 차량의 경우 많은 영국 철도 차량 및 부품 메이커들이 과거 중동 아프리카 시장의 주 공급자로서 많은 정보 소스(source)를 가지고 있었으며 특히 부품 메이커들은 A/S용 사업이 끊임없이 생겨 꾸준히 영업 활동을 하고 있었다.

특이한 점은 영국의 철도 차량 부품 메이커들이 독자적인 Sales Man을 두고 시장을 관리 하기에는 비용 부담이 크기 때문에 3~4개 부품 메이커들이 공동으로 한 명의 Sales Man을 지정 판매 활동을 하고 있었다. 따라서 중동 아프리카 국가의 철도청을 방문하면 으레 영국 철도 차량 관련 Sales Man 들을 자주 만나게 된다.

영국에서 이들과 정례적으로 회합을 가지고 각국의 구매 정보를 교환하는 것이 무척 도움이 되었다. 이 점이 영국에 주재하는 주된 이유 중 하나이다.

또한 부품의 호환성 문제를 감안하여 각국 철도청에서 구매 사양을 결정 할 때 특수한 부품은 영국제를 쓰도록 못을 박아 놔 주재하면서 영국 부품 조달 업무도 주요 임무 중 하나였다.

기억에 남는 일 중 하나는 본사에서 태국 철도청이 시행한 LPG 수송용 화차(LPG Tank Wagon) 입찰에 참가 낙찰을 받았다. 문제는 우리 회사가 화학제품을 운반하는 고도의 안전과 기술을 요하는 철도 차량을 제작해 본 경험이 없다는 점이다.

수주를 하고 난 후 이런저런 문제들이 거론 되는데 심상치 않다. 태국은 내 관할 지역이 아니어서 크게 관심을 두지 않았으며 누가 자세히 나에게 알려 주는 사람도 없었다. 얼마의 시간이 흐른 후 그 화차를 제작하려면 LPG Tank의 압력테스트를 비롯, 여러 가지 안전 검사를 통과해야 한다는 것을 알게 되었다.

문제를 알고 나서는 도저히 현재 우리 회사 실력으로는 제작이 불가능하다는 판단이 내려졌고 이제 문제를 어떻게 풀 것인지 대책을 마련하는 것이 급선무였다. 한데 태국 철도청에서 요구한 그 화차는 이제껏 영국의 프로코(Procco)라는 특수 화차 철도 차량 메이커에서 공급을 해 왔던 차종이며 이번 입찰에도 참여하였으나 가격이 월등히 낮은 현대에 낙찰된 것이다.

본사에서 빨리 Procco사를 만나 도움을 요청하라는 지시가 왔다. 서둘러 그 회사에 연락을 하니 그럴 줄 알고 기다렸다는 반응이다. 약속한 날짜에 회사를 방문해 사장을 만나니 은근히 현대에서 수주를 반납하기를 기다리는 눈치이다. 걸려도 크게 걸린 것이다.

수차례의 미팅을 가지며 당신들이 도와주지 않으면 우리는 미국 회사와 협력 제작하겠다며 으름장을 놓으며 세게 나가자 처음에 기술 이전 계약을 맺고 정식으로 기술 이전 대가를 지불하고 협력을 갖자고 버티던 회사가 약간씩 흔들리는 눈치다. 영국 Wales 지역에 위치한 회사를 불이 나도록 드나들면서 한편 애걸도 하고 한편 윽박지르기도 하면서 밀고 당긴 끝에 결국은 Procco사에서 은퇴한 최고 기술자(Chief Engineer)를 초빙하여 기술 지도를 받으며 제작을 마칠 수 있었다. 그것이 최소한의 비용으로 난국을 헤쳐 낼 수 있었던 방법이었다.

과거 경험에 의하면 문제가 터져야 많은 것을 배울 수 있다. 실패는 성공의 어머니라는 말도 있듯이…….

예컨대 Claim을 당하면 회사의 손해는 크지만 일은 많이 배울 수 있다. 계약서에 나와 있는 중재(Arbitration)를 계약 조항으로나 알지 언제 실제 경험을 해 보겠는가? 일을 많이 배우려면 잘리지 않을 수준에서 문제를 일으켜라. 그리고 풀어보라. 많은 것을 배울 수 있다.

영국에서의 휴일

– 부활절(Easter Hoilday)

1980년대 영국에서의 지사 생활은 지금과 비교하면 하늘과 땅 차이였다. 우선 근무 시간이 영국의 휴일에는 서울 본사가 근무하니 근무해야 하고 한국의 휴일은 영국이 근무를 하니 또 근무를 해야 하는 다소 비참한 상황이었다. 다만 회사에서 나름 뽑혀서 나왔다는 엘리트 의식이 자그마한 위로가 되는 그런 생활이었다.

근무 환경이 그러하니 휴가라는 것은 매우 사치스런 단어에 지나지 않았으며 그저 바삐 회사 일만 열심히 하는 일벌레 생활이었다. 년 말 크리스마스 휴일 기간이 있으나 본사에서 차기 년도 사업 계획을 협의하기 위해 귀국을 명하니 년 말에는 가족과 휴일을 보낼 수 없는 형편이다.

그런 가운데 유일하게 휴일을 즐길 수 있는 시간이 4월 중순이나 말에 찾아오는 부활절(Easter Holiday) 기간이다. 예수께서 십자가에 못 박혀 돌아가신 후 3일 만에 부활하신 것을 축하하는 휴일이다. 한국에서는 그 당시 그리 알려져 있지 않은 휴일인데 유럽에서는 크리스마스와 더불어 1년 중 매우 큰 휴일인 것에 놀랐다.

기나긴 겨울을 지나 따스한 햇살이 비치기 시작하는 봄철에 금요일부터 다음 주 월요일까지 4일간의 이스터 홀리데이가 1년 중 그나마 사전에 계획을 세우고 휴가를 보낼 수 있는 유일한 시간이다. 우선 금요일부터 휴일이 시작되니 유럽 전역은 휴일이고 서울 본사는 금요일 저녁 퇴근 시간으로 주말 시작 시간이다. 본사 중역들이 찾지 않는 시간이 시작된다. 월요일만 적당히 넘기면 4일간을 온전히 쉴 수 있는 기간이다.

부활절 시작 주 초(週初)부터 본사에 금요일부터 다음 월요일까지 유럽 전역에 부활절 휴무가 있다는 것을 거듭 강조한다. 부활절 휴가 기간 한 달 전부터 그룹사 직원 가족 네댓 집이 같이 휴가 계획을 짜느라 바쁘다. 보통은 영국의 북쪽 스코틀랜드 지역이나 서북 쪽 지역 방향으로 목표를 정하고 가는 길목의 유명한 곳을 들러서 구경하는 그런 일정이다.

보통 부부와 어린아이들 2~3명이 일행으로 포니 자동차나 일제 중고차들을 몰고 트렁크에는 솥단지, 가스레인지부터 반찬거리들까지 잔뜩 싣고 떠난다.

당시에는 내비게이션이나 스마트 폰이 없던 시절이니 일행이 같이 다니면서 서로 소통하는 것이 제일 어려운 문제였다. 일행 중에는 영국 생활 고참에서 신참까지 있으며, 복잡한 영국의 도로 지도를 보며 길 안내를 할 수 있는 사람도 많지 않았으니 출발 전 수차례 모임을 갖고 온갖 일어날 수 있는 경우의 수를 끄집어내 어떻게 할 것인지 상의를 하고 여러 가지 약속을 정했다.

그중 기억나는 것이 운전에 자신이 있고 지도를 잘 보는 집이 선두에 서고, 다음으로 잘하는 집이 맨 마지막에 서며 신참들은 중간에 끼어서 운전하며 움직였다.

도로를 달리다 아이가 소변이 마렵던지 아님 긴급 상황이 발생하여 정차를 해야 할 때면 비상등 레버를 두 번 올려 앞차에 전달하면 릴레이식으로 전달이 되어 선두 차가 적당한 장소에 정차를 하였으며 다시 출발 시에는 선두 차와 맨 마지막 차는 일행이 모두 정렬해 있는지 확인을 하기 위해 맨 뒤에 차가 비상등 한번을 누르면 앞으로 전달 선두 차에 전달하는 식으로 소통하며 다녔다.

그런 가운데에도 가끔 문제가 생기는 경우가 있다. 영국은 신호등이 없는 교차로 즉 그들 표현으로 라운드 어바우트(Round About)가 많이 있는데 이곳이 문제였다. 이 교차로에는 출구가 여럿 있어서 우리처럼 긴 행렬의 일행이 움직일 때 선두 차가 출구를 훌쩍 빠져 나가버리면 뒤 차는 어느 출구로 나갔는지 모르는 경우가 허다하다. 이곳이 미아(迷兒)가 발생하는 마(摩)의 구역이다. 이를 피하기 위해 교차로에서는 선두 차는 일행의 모든 차가 교차로에 들어선 것을 확인할 때까지 라운드 어바우트를 계속 돌아야 한다. 일행 모두가 교차로에 들어온 것을 확인한 후 선두 차가 출구를 빠져나가면 뒤 차들도 실수 없이 출구를 알 수 있도록 규칙을 정한 것이다.

고속도로를 달릴 때는 다음에 몇 번 인터체인지(Junction)에서 나가 쉴 것인지 정해 놓고 각자 달리다 약속된 장소에서 만나 약간의 휴식을 취하곤 또다시 출발하곤 하였다. 만약 일행 중 약속된 Junction을 지나쳐 버린 집은 다음 Junction에서 되돌아와 약속된 장소로 와야 했으며 벌칙으로는 그 차는 휴식 시간이 없이 도착하자마자 출발해야 하는 중벌(重罰)을 받았다.

식사는 일정한 시간이 없이 시골길을 달리다 때가 되면 한적한 곳을 찾아 차 트렁크에 실린 취사도구들을 꺼내 현장 즉석 야외 식사 시간을 가졌으며 잠자리는 저녁 늦은 시간이면 그 동네 B & B(Bed & Breakfast)를 찾아 투숙하는 매우 자유스런 그런 여행이었다.

지금까지 그때 정한 규칙을 많이 기억하는 것을 보면 당시 얼마나 규칙을 세세히 정했으며 벌칙이 무서워서 열심히 숙지를 했는지 짐작이 갈 것이다.

여행을 마치고 돌아와 이번 여행에서 무엇을 보았나 물으면 앞차의 번호판밖에 본 것이 없다는 우스개 소리들을 하며 깔깔대곤 하였다. 그러나 영국의 무수한 역사적 명소들을 그런 방법으로 다니며 그나마 일부를 구경할 수 있었다. 옥스퍼드, 케임브리지 대학 및 셰익스피어(1564–1616) 생가가 그러하였으며, 에밀리 브론테(Emily Bronte 1818–1848) 저서 "폭풍의 언덕(Wuthering Heights 1847)"에 나오는 요크셔 지방 그리고 수많은 성(城)들 등이 그런 곳들이다.

영국 런던 브릿지 (London Bridge) (1982)

영국의 펍(Pub)

영국에서 펍(Pub)은 빼놓을 수 없는 문화 중 하나이다. 간단히 이야기하면 선술집이라고도 할 수 있고, 점심시간에는 토스트, 감자 칩 등 간단한 스낵 종류를 팔며 직장인들이 짧은 점심시간에 동료들과 같이 테이블을 둘러싸고 서서 간단히 점심을 먹으며 대화를 나눌 수 있는 곳이기도 하다. 역사와 전통을 자랑하는 유명 Pub의 경우는 회원권 가격이 무척 비싸며 쉽사리 가입하기도 어려운 곳이 있기도 하다. 어떤 곳은 현재도 여성 출입을 금지하며 옛 전통을 이어간다는 자부심으로 고급 Pub의 명성을 이어가고 있는 곳도 있다.

내가 근무하던 Hammersmith 사무실 옆에도 자그마한 Pub이 한군데 있어 회사에 새로 부임한 직원을 환영할 때나, 어느 그룹사에서 큰 프로젝트 계약을 성사시킨 경우 등 이런저런 이유로 Pub에서 모여 술자리를 갖는 기회가 종종 있었다.

모임이 있는 날 예약을 하면 그 Pub의 한쪽 구석 벽면을 따라 "L" 자형으로 된 테이블은 으레 우리들 차지로 10여 명이 둘러앉아 맥주를 마시기 좋은 곳이다. 퇴근 후 우리 일행이 Pub에 들어서면 주인이 다락방 같은 곳에 기어 올라가 맥주를 박스째 내려오느라 바쁘다. 영국인들은

Pub에 오면 맥주나 위스키 한 잔을 시켜 놓고 1~2시간 수다 떨다 가곤 하는데 우리는 맥주를 궤짝으로 주문하여 옆에 놓고 마시기 시작하여 소파 뒤편 벽을 따라 빈 병을 나란히 쌓기 시작해 "L"자 벽 전체를 빈틈 없이 채워야 끝을 낸 손님들이니 놀라 자빠질 손님임에 틀림이 없었다. 이런 모임이 잦다 보니 Pub의 주인도 우리가 들어서면 싱글벙글하며 바빠지기 시작한다.

술이 거나해지면 육성으로 노래가 나오기 시작하는데 수준 있는 주재원들이어서 인지 아님 영국인 손님들 앞이라서 그러한지 명곡을 뽑기 시작한다. 베사메 무쵸(Besame Mucho)를 잘 부른 주재원도 있고, 오 솔레 미오(O Sole Mio)를 합창하기도 하며 영국인 손님들에게 즐거움(?)을 선사하기도 하였다.

이런 모임이 반복되면서 동네에 소문이 났는지 우리가 모임을 갖는 날이면 제법 Pub에 손님들이 가득 차곤 하였다. 모두들 자그마한 잔 한잔을 시켜 놓고 2~3시간을 즐기는 것이다.

한참을 지나서 안 일이지만 영국 Pub의 전통 중 하나가 밤 11시가 되면 "Golden Bell"이라는 풍습이 있다. 이는 밤 11시가 되어 손님 중에 누군가 카운터에 있는 쇠로 된 종(Bell)을 들고 흔들면 그 시간부터 Pub에 있는 모든 손님들이 주문하는 술값은 종을 친 사람이 부담하는 풍습이다.

호기 어린 대한 건아들이 모임을 갖고 술판을 벌이고 거기에 노랫가락까지 뽑아댔으니 종을 안 칠 리가 있나. 매번 11시면 종을 울리니 그것이 소문이 나서 우리 일행이 가면 밤 10시가 지나 손님들이 붐비기 시작한다. 누가 가르쳐 주었는지 어떻게 알고 온 것인지는 지금까지도 풀리지 않은 숙제로 남아있다.

글쎄 80년대 초반 한국이라는 나라가 어디에 붙어 있으며 어떤 나라인지 아는 사람이 그리 많지 않던 시절 골든 벨을 울리며 호기를 부린 한국인들을 보고 부유한 나라에서 온 멋진 사람들이라고 생각하지 않았을까? 국위 선양을 많이 했다. 비록 다음 날 머리가 좀 아프긴 했지만…….

나이지리아

- 기회의 땅? 버려진 땅?

나이지리아는 기회의 땅인가? 버림받은 땅인가? 70년대 말, 80년대 초 종종 논쟁의 화두를 던지던 곳이다.

왜냐하면 당시 나이지리아는 남동부 델타 지역에서 유전을 발굴 원유 수출로 인한 수입을 국가 기간 산업에 투자를 해 비즈니스 기회가 많은 기회의 땅임과 동시에 치안을 비롯, 삶의 여건이 매우 불안한 곳으로 혹자는 버림받은 땅으로 치부해 버려 양자 간 끝없는 논쟁을 불러오고 있었다.

당시 수도 라고스에는 치안이 매우 불안정하여 많은 외국 대사관들이 무장한 괴한들에 의해 대사관 관용차를 약탈당하는 사건이 종종 벌어졌다. 무장 괴한이 백주에 대사관에 난입 총을 겨누며 자동차 키를 달라 한다. 신변 위협을 느낀 대사관 직원이 키를 내주면 유유히 차를 몰고 사라지는 사건이 흔히 일어나 외국 공관 중 이런 일을 당하지 않은 공관이 거의 없을 정도였다. 경찰에 신고를 해도 방법이 없는지 좀처럼 개선되지 않고 계속 일어났다.

1982년이다. 이 문제는 당시 한국 대사관에서 초대 나이지리아 대사로 부임한 임동원 대사(후에 통일부 장관, 국정원장 역임)부임 환영 저녁 만찬 자리에서도 논쟁의 주제(主題)였다.

임 대사 부임 축하 만찬 자리에서 술이 한 순배 돈 후 대사관원 사이에서 논쟁이 벌어졌다. 한쪽에서는 치안을 비롯, 국가의 기능이 작동을 하지 않으니 이 나라는 희망이 없으며 버려진 땅으로 미래가 없다는 주장이고, 다른 한편에서는 그러니 우리가 팔아먹을 것이 있다는 주장이다. 나라의 기능이 잘 작동되고 제대로 돼 있으면 우리가 팔아먹을 게 없으니 문제가 있더라도 기회의 땅으로 생각하자는 주장이다. 양쪽 다 일리가 있는 이야기이나 물건을 팔아야 하는 나로서는 후자의 의견에 동조하는 편이었다.

1981년 초 현대그룹은 나이지리아에서 선박을 비롯, 중전기의 변압기 및 내가 맡고 있던 철도 차량 분야에서 수주를 해 나름 큰 성과를 올리고 있었다. 따라서 정주영 회장을 비롯, 그룹 주요 인사들이 자주 출장을 다니던 곳이다. 그런데 하나같이 나이지리아에서 생활을 해 보고 난 소감은 이곳에서 살아남으면 이 세상 어느 곳에 내놔도 살아남을 것이다 하는 것이 공통된 의견이었다.

(참고로 여기 기술된 내용은 어느 특정 국가를 비난하고자 하는 것이 아니고 1980년대 초반 이야기로써 그 당시 내가 실제 경험한 상황을 설명한 것이니 오해 없기 바란다.)

이야기 나온 김에 좀 더 설명을 하자면, 호텔에는 아침 시간에 수돗물이 종종 끊어져 세수를 못 하는 경우가 다반사이며, 저녁 시간에는 전기 공급이 끊어져 방에 가려면 계단을 걸어 올라가야 하는 일이 비일비재

했다.

아침을 먹고자 호텔 식당에 내려가 간단한 토스트 몇 조각을 주문하면 1시간이 넘어서야 새까맣게 탄 자그마한 삼각 모양의 토스트 두세 조각을 구경할 수 있다.

이런 상황에 익숙지 않은 어느 영국인이 식당에 들어와 주문을 하고 기다리다 참지 못하고 한쪽 구석에 옹기종기 모여 있는 종업원을 손으로 가리키며 부르자 종업원이 고개를 돌리며 못 본 척한다. 시간이 얼마간 흐른 후 종업원이 궁금했는지 그 영국인을 슬며시 돌아보는 순간 영국인은 그때까지 그 종업원을 노려보고 있다. 눈이 마주치자 다시 손짓을 하며 부른다. 마지못해 종업원이 오자 영국인은 불평을 늘어놓으며 재촉을 한다. 종업원은 아랑곳하지 않고 어깨를 으쓱하며 방법이 없다는 표정을 짓는다.

이런 숨바꼭질이 계속되자 영국인은 메모지를 꺼내더니 무언가 쓰기 시작한다. 한 시간여가 지나자 영국인이 인내에 한계를 느꼈는지 드디어 폭발을 했다.

의자를 박차고 나가 호텔 책임자를 불러 왔다. 그러고 나서 메모지에 길게 적힌 내용을 읽기 시작한다. 몇 시에 주문을 했고, 몇 시에 독촉을 했으며 지금 시간이 얼마나 지났는데도 소식이 없다는 최고 조의 불평을 늘어놓는다.

하지만 그뿐이다. 기다리다 지친 영국인은 약속 시간 때문인지 투덜거리며 식당 문을 박차고 나가 버린다.

낮 시간에는 업무를 보기 위해 택시를 이용해 돌아다닌다. 목적지에 도착해서는 종종 시비가 붙는다. 요금 미터기의 두 배 어떤 때는 서너 배를 달란다.

미터기 요금은 나이지리아 사람 용이고 외국인은 더 내야 한다는 것이다. 왜 그러느냐 물으면 당신들은 여기 돈 벌러 왔으니 더 내야 한다는 게 이유다.

당시 본사와의 유일한 통신 수단은 텔렉스 교신인데 호텔 내의 텔렉스는 출장 기간 내내 고장이다. 방법은 늦은 밤 시간에 라고스 중심가에 있는 중앙 전신국에 가서 보내는 방법밖엔 없다. 한데 밤 시간에는 치안이 문제였다.

이렇듯 생활 곳곳에 예기치 않은 일들이 일어나니 편안할 날이 없는 불안, 초조한 시간의 연속이다.

오죽하면 라고스 국제공항 입국 심사 시 옛 종주국이었던 영국인들이 심사대의 나이지리아인 심사원에게 차려자세로 묻는 말에 "예 써(Yes, Sir)"를 붙여가며 답변하는 장면을 종종 목격하는데 웃음이 절로 나온다.

라고스의 심각한 교통 정체

세계 여러 도시 가운데 교통 체증이 심한 곳으로 이란의 테헤란이나 태국의 방콕 등을 꼽지만 아프리카 나이지리아의 라고스도 빼놓을 수 없는 곳 중 하나이다. 주된 원인이 도로 사정은 좋지 않은데 자동차 대수가 많으니 정체될 수밖에…….

라고스 출장 중 하루는 교통부를 방문 마침 교통부 차관과 대화를 나눌 기회가 있었다. 이런저런 이야기 끝에 라고스의 도로 교통 상황에 대한 이야기를 하게 되었다. 특히 차량 2부제 운행에 대해 이야기를 했다.

교통 차관의 설명에 의하면 라고스는 당시 차량 2부제를 실시하는 유일한 도시였는데 실패했다는 것이다. 도로 곳곳마다 교통 체증이 심각하자 유럽의 자동차 회사들이 창밖을 가리키며 지금 있는 차량의 절반이 없어진다면서 강력히 차량 2부제를 건의했단다. 나이지리아 정부에서 그럴듯한 제안으로 생각 덥석 받아들여 2부제를 실시했는데 얼마간 효과가 있다가 금방 옛날처럼 교통 체증이 다시 계속되었다는 것이다.

원인을 분석해 보니 나이지리아의 부익부 빈익빈 현상을 간과하여 실패할 수밖에 없었음을 나중에야 깨달았단다.

이유는 차량 2부제를 실시하자 부유한 계층은 차를 한 대 더 구입해 홀 짝 번호판을 달고 매일 운행을 하더라는 것이다. 빈부 격차가 심한 나이지리아에서 돈 있는 부자들은 앞다퉈 차를 한 대씩 추가로 구매하는 바람에 유럽 자동차 메이커들은 큰 재미를 보았으나 나이지리아 정부는 문제를 해결하지 못하고 교통 체증만 가중시킨 결과를 낳았다는 것이다.

교통 체증에 치안까지 불안한 곳이라 나도 여러 가지 재미있는 에피소드가 많이 있는데 특히 밤에 나이지리아 교통 장관을 만나러 갈 때면 으레 긴장을 하곤 했다.

나이지리아에서는 장관과 업무 시간에 사무실에서 만나 업무 이야기를 하기가 무척 어렵다. 더구나 외국인 신분으로서는 더욱 어렵다. 그 이유는 낮 근무 시간에는 현지인 민원 사항이 많아 장관 사무실 앞에 진을 치고 앉아 몇 날 며칠을 기다리는 사람들이 줄지어 있어 정치인인 장관의 입장에서는 선거 때 표를 의식해 함부로 할 수 없는 형편이다.

업무차 장관을 만나려면 밤 시간에 장관이 있는 숙소로 찾아가야 하는데 장관의 거처가 몇 군데 되기 때문에 그 날 어디에 있는지 안다는 것이 최측근을 통하지 않고는 알 길이 없다.

현대는 그 당시 장관이 추천한 사람을 대리인으로 선정해 일을 하고 있었으니 장관과의 면담은 비교적 수월한 편이었다. 한데 저녁 8시 이후 장관 집으로 가서 면담을 하고 돌아온다는 것이 쉬운 일은 아니었다. 우선 오가는 길의 도로 상에서 신변 안전이 문제였다. 교통 체증이 심한 곳에는 불량배들이 몰려다니며 약탈을 하니 이를 피한다는 것이 쉽지 않은 일이었다. 자구책으로 차 속에는 야구 방망이, 고춧가루통, 소리를 크게 내는 확성기 등을 싣고 다니며 만일의 경우를 대비하곤 했다.

나이지리아 교통 차관 포니 전시장 방문 (1981)

웃픈 이야기

◦ 장면 1

1981년 어느 날이다.

영국에서 운전면허를 따기란 쉽지 않다. 나의 런던 사무소 한 현지 여직원도 13년 만에 면허 시험에 합격하여 눈물을 글썽이며 좋아해 하던 모습이 생생하다. 한국인 주재원들도 부임과 동시에 면허 시험 신청을 하고 통상 6개월 이상 기다려야 시험을 치를 수 있다.

주재원 중 한 명이 기다리던 시험 날이 되자 자기 차를 몰고 시험장에 가 시험 보러 왔음을 신고하고 기다리자 배정된 시험관이 나왔다.

주재원은 시험관과 같이 차를 향해 걸어가면서 시험관이 "저게 당신 차요?" 묻자 "네" 하고 힘차게 대답하며 계속 차를 향해 걸어갔다. 시험관이 재차 묻는다. "여기는 혼자 왔느냐?" 주재원은 주저 없이 "네" 하고 대답했다. 그러자 시험관이 홱 돌아서 그의 사무실로 되돌아가면서 "당신은 다음 기회에 다시 시험 신청을 하라"는 말을 남기고 사라져 버렸다.

주재원은 영문도 모른 채 6개월 이상 기다린 보람도 없이 시험 볼 기회를 놓치고 사무실로 돌아왔다. 사무실에 돌아와서도 왜 시험관이 되돌아갔는지 영문을 몰라 씩씩대며 현지인들 앞에서 방금 전 벌어진 상황을 설명하자 현지인들이 킥킥대며 웃는다.

이유인즉슨 영국에서는 정식 운전면허증이 발급되기 전 임시 면허증(Provisional License)을 발급해 주는데 이 임시 면허증을 가지고 운전할 때에는 자동차 앞 뒷면에 "학습 중(Learning)"이라는 의미의 빨간색 "L"자 마크를 달아야 하며 운전석 옆 보조석에는 정식 면허증(Full License)을 가진 운전자가 배석을 해야만 된다.

그날 운전면허 시험을 치르러 간 주재원은 임시 면허증 소지자로서 마땅히 차에 "L" 마크가 붙어 있어야 했으며 정식면허증 소지자와 동반하여 시험장에 왔어야 했던 것이다. 한데 평소 하던 버릇대로 "L" 마크도 없고 동반자도 없이 왔으니 차에 오르기도 전에 낙방을 한 것이다. 이 사례는 런던 사무실에 두고두고 전설처럼 전해져 내려와 운전면허 시험 볼 때 제1 숙지 사항으로 남아있다.

◦ 장면 2

1983년 여름이다.

아프리카 서북부에 위치한 세네갈이라는 나라에 출장을 가게 되었다. 세네갈은 옛 불란서 식민지로써 불어권이며 화폐도 불란서 중앙은행 발행 French Franc 과 연동된 세파 프랑(CFA Franc)을 사용하는 나라이다.

아프리카 토산품 가게 (1982)

출장은 현대종합상사 파리 지점의 요청에 따라 같이 가기로 하여 현대종합상사 파리 지점에서 호텔 예약을 비롯, 모든 일정을 주관하여 준비하였다. 런던에서 파리로 가 현대종합상사 파리 주재원과 합류 세네갈행 비행기를 탑승, 수도 다카르에 저녁 무렵 도착하였다.

택시를 타고 예약된 호텔로 가 Check-in을 하고 방에 들어가니 시멘트 바닥에 침대가 두 개 놓여 있는 방이다. 아니 분명 두 사람이 따로 돈을 냈는데 방 하나를 같이 쓰라니…… 왠지 속은 느낌도 들고 이 녀석들이 누구를 동성연애자로 아나 하는 괘씸한 생각에 프런트로 가 따졌다. 왜 방을 두 개 안 주고 하나만 주느냐고…….

프런트 직원이 여기는 일행이 같은 방을 주로 쓴다는 설명과 함께 원한다면 따로 방을 주겠다며 방 열쇠를 하나 더 내준다. 샤워를 하고 잠을 청하며 첫날을 보냈다.

다음 날 아침 철도청 인사들과 일찍 미팅이 잡혀 있어 넥타이 정장에 서류 가방을 챙겨 들고 아침 식사를 하러 식당엘 갔다. 식사를 끝내면 곧바로 철도청으로 가기 위해서 만반의 준비를 한 것이다.

아뿔싸, 식당에 들어서니 온통 수영 팬티 차림의 서양인들이다. 우리는 그들을 보고 놀랐고 그들은 정장 차림의 동양인 두 사람을 보고 놀랐다. 여기저기 따가운 눈총이 느껴져 좌 불안 석이다. 한쪽 구석에 쭈그려 앉아 뷔페식으로 차려진 식탁에서 서둘러 음식 몇 점을 집어 와 요기를 하고는 도망치듯 식당을 빠져나와 택시를 잡아타고 줄행랑을 쳤다. 아침부터 식은땀이 난다.

파리 주재원에게 어찌 된 일인지 물으니 파리 사무실 여비서에게 다카르에 좋은 호텔로 예약을 하라고 했는데 마침 여름철이라 휴양 시설이 잘 갖춰진 클럽 메디터레니언(Club Mediteranian, 약칭으로 Club Medi라 부름)이라는 세계적으로 유명한 휴양 숙박 체인점에 예약을 했다는 것이다.

3박 4일 출장 기간 내내 정장 차림의 동양 신사 면모를 유감없이 발휘하고 도망치듯 빠져나온 세네갈의 추억을 지금껏 잊지 못한다.

。장면 3

1981년 봄이다.

영국 런던 지사 발령을 받고 런던이 어떻게 생겼는지 구경도 채 하기 전에 나이지리아 철도청에서 화차(Freight Wagon) 183량 입찰이 있어 수주전을 펼치느라 서너 달째 당시 수도 라고스(Lagos)의 빅토리아 아일랜드(Victoria Island)에 있는 이코이 호텔(Ikoy Hotel)에 장기 투숙하고 있을 때이다.

그 호텔에는 현대종합상사가 방 2개를 사용하고 있었으며 현대중전기에서 2개를 그리고 내가 1개를 사용하고 있어 현대에서 방 5개를 장기로 사용 중이었다.

앞에 설명된 바와 같이 이 호텔에서는 아침부터 토스트 한 조각을 얻어먹기도 힘든 형편이었다. 그러니 하루 세끼 끼니를 어떻게 해결할 것인지가 큰 숙제 중 하나였다.

오랜 시간의 경험을 통해 옛말처럼 궁즉통(窮卽通)이라더니 그 호텔에는 중국 식당이 하나 있었다. 우리 입맛에도 딱 맞고 얼마나 좋은가? 하나 너무 비싸다. 우동 비슷한 국수 한 그릇에 한국 돈 2만원 가량이니 감당이 안 되었다. 현대 주재원 5명이 점심, 저녁 가서 우동 한 그릇에 백반 두 공기를 시켜 말아서 나눠 먹기도 하고 별의별 짓을 다 해 보았다.

매일 점심 저녁 매상으로 치면 전혀 손님 취급도 못 받는 우리들이 어느 날 영업시간이 파할 무렵 주방 요리사들이 한쪽 구석에서 저희들끼리 먹는 음식을 보고 물어보았다. 여럿이 둘러앉아 나누어 먹기에 안성맞춤인 그런 요리였다. 가까이 다가가 그건 무슨 요리이며 메뉴판의 몇 번이냐 물으니 그건 메뉴판에 없단다.

그런저런 대화를 나누던 중 우리도 그걸 시키면 해 줄 수 있느냐 물으니 서로들 얼굴을 쳐다보더니 같은 동양인으로 동정심이 생겼는지 고개를 끄덕이며 좋다는 것이다.

그 날 이후 점심 저녁 우리 현대 일행이 모이면 주방장 특선 메뉴(Chef's Menu)를 저렴한 가격에 즐길 수 있었다.

그때 우리들 호구(糊口)를 해결해 준 고마운 중국인 요리사들에게 감사를 표한다.

。장면 4

1981년 1월 영국 런던 지사로 발령이 나면서 당시 현대 직원들 모두 그러하듯 영국 정부로부터 노동 허가증(Work Permit)을 받지 않고 몸부터 날아와 여행자 비자를 받아 지사 근무를 시작하곤 하였다. 출발 전 주한 영국 대사관을 통해 노동 허가증 신청을 하였으나 두세 달이 지나도 소식이 없다. 만일 여행자 신분으로 입국해 취업해 일을 한다는 것이 발각되면 불법 취업으로 추방 감이다.

이러한 사정을 본사에 보고하자 본사에서는 이민국 담당자를 만나 사례(謝禮)를 하면서 부탁을 하라는 것이다. 한국에서 문제가 생기면 으레 그리하듯 말이다. 본사 지시에 따라 얼마간의 사례금을 준비해 이민국엘 갔다. 담당자를 만나 사정 이야기를 하면서 빨리 허가증을 발급해 달라고 부탁하기 위해서…….

이민국에 도착하니 많은 외국인들이 분주히 오가며 자기 일들을 본다. 안내 직원에게 한국 현대라는 회사의 직원인데 담당자를 만나고 싶다 하자 손가락으로 긴 줄을 가리키며 거기란다. 뱀처럼 구불구불 띠를 만들어 그 속에 길게 줄을 서서 기다리다 순서가 되면 앞쪽 10여 개의 창구 중 빈 곳을 찾아가 업무를 보는 것이다. 난생처음 보는 광경에 신기할 따름이다.

이민국을 찾아가기 전에는 적어도 국가별로 담당자가 있겠지 하고 기대하고 갔는데 이건 완전 기대 밖이다. 순서가 되자 겨우 진행 상황이 어찌 되는지 확인만 하고 기다리라는 말만 들은 채 발걸음을 돌렸다.

다음 날 본사에 이민국에 가니 담당자가 없다고 보고 하자 무슨 소리인지 이해를 못 한다. 뱀처럼 구불구불 줄을 서고 어쩌고저쩌고 설명을 해도 담당자가 없다니 무슨 뚱딴지같은 소리를 하느냐는 식이다.

기억에 없지만 그 후 뱀처럼 생긴 이민국 창구를 그림으로 그려 설명을 해 이 난제를 풀었지 않았나 싶다.

이란 - 이라크 전쟁

1970년대 말부터 80년대 초반 중동의 정세는 안갯속처럼 시계가 혼탁한 혼돈의 시기였다.

1978년 이란의 팔레비 왕조가 몰락을 하고 호메이니를 지도자로 한 이슬람 근본주의자들에 의한 신권(神權) 정치가 시작된 이란, 그리고 이라크의 사담 후세인과 이란의 새로운 지도자 호메이니 간 중동에서의 패권 다툼 및 이슬람 근본주의와 이스라엘과의 평화 협정을 맺은 사담 후세인 간 벌린 이란과 이라크의 전쟁 등등.

사업의 기회라는 것이 종종 난세 속에서 기회를 잘 포착하면 성공하듯이 정쟁과 전쟁 속에서 드디어 사업의 기회가 생겼다.

1982년이다. 이란 철도청에서 기관차를 대량 구매한다는 정보를 입수하고 수도 테헤란을 방문하게 되었다. 한창 이라크와 전쟁 중이라 위험 지역으로 유럽 많은 회사들은 이미 철수한 상태였고 이란은 유럽 항공사들에게 테헤란 상공을 비행할 경우 안전을 보장 못 한다는 정부 발표를 이미 내놓은 상태였다.

회사에 생명 보험을 들어줄 것을 요청하자 상황을 잘 아는 때문인지 군말 없이 1억 원 생명 보험에 가입을 해 주었다.

테헤란 공항에 도착하니 분위기가 삼엄하다. 가지고 간 월간잡지를 한 페이지 한 페이지씩 넘기며 혹 여자 사진이나, 외화를 숨겨 놓은 것은 없는지 샅샅이 뒤진다. 세관 통과에 두어 시간이 넘게 걸렸다.

공항을 겨우 빠져나와 호텔로 향하는 길에 미 대사관 건물이 눈에 띄었다. 3년 전 미 대사관 인질 사건으로 세계를 떠들썩하게 했던 역사적 현장이다. 건물 벽에는 온통 검정색, 붉은색 스프레이로 “Down with U.S.A(미국 타도)”라는 구호가 도배되어 있어 팔레비 정권 당시 친미(親美)정책을 펴온 것에 대한 반감이 극도로 심하다는 것을 직감할 수 있었다.

인심(人心)이 천심(天心)이라고 팔레비 정권의 독재 부패 정치, 막대한 석유 수출로 생긴 수입을 일부 왕족 일가(一家)가 독식(獨食)하여 이로 인해 생긴 극심한 빈부 격차 등 등이 이란 국민으로 하여금 팔레비 정권에 등을 돌리게 한 주된 원인인 것을 보면 어느 나라나 공정하지 못하고 부패한 정권은 패망한다는 진리를 눈앞에서 본 셈이다.

호텔에 도착 체크인을 하려는데 호텔 직원이 방이 텅텅 비어있는지 몇 층 방을 원하느냐 묻는다. 한참을 곰곰이 생각하다 5층 방을 달라고 했다. 기억으로는 그 호텔은 제일 높은 층이 8층인가 9층으로 기억하는데 전쟁 중이라 이라크 전투기들이 수시로 테헤란 상공에 나타나 폭탄을 투하하고 돌아간다는 것이다.

들리는 소문에 의하면 이라크 전투기들이 레이더 조정 장치가 없어 어느 목표 지점을 정밀 타격할 능력이 없고 눈짐작으로 폭탄을 투하하며, 전투기의 연료 탱크 용량은 바그다드를 출발 테헤란에 폭탄 투하를 하고 겨우 돌아갈 정도밖엔 안 된다니 재수 없으면 얻어맞는 수밖에 없는 상황이다.

5층을 고른 이유는 폭탄이 호텔 상공에서 떨어지면 위층이 파손될 것 같고 지상에 떨어지면 파편이 튀어 오를 것 같아 한국에서 군 생활을 통해 터득한 온갖 경우의 수를 머릿속에 그려가며 신중히 고른 것이다.

아니나 다를까 도착 첫날 밤 자정 가까운 시간에 쿵 소리가 들린다. 그리고 두어 시간 뒤 아까보다 좀 더 가까운 곳에서 또 쿵 소리가 난다. 새벽녘 또 한번의 소리를 들으며 도착 첫날 밤을 보냈다. 두려움보다는 나의 테헤란 방문을 환영하는 축포가 울린 것으로 생각하기로 했다.

다음 날 아침 현지 방송에 간밤에 폭격당한 세 곳의 위치가 보도되었는데 두 번째 폭탄은 호텔에서 멀지 않은 내무 성 건물 인근에 떨어졌다는 것이다.

테헤란 역

도착 다음 날 이란 철도청을 방문 상담을 가졌다.

이란 철도청은 테헤란 중앙역과 같은 건물에 있었는데 역 광장에 수많은 젊은이들이 괴나리봇짐 하나씩 들고 구름같이 모여 있는 것을 보고 놀랐다. 뒤에 안 사실이지만 이라크와의 전쟁으로 젊은이들이 최전방으로 가기 위해 열차를 기다리는 모습을 본 것이다.

당시 이란은 호메이니 정권이 들어 서면서 이슬람 근본주의자들이 모든 국정에 깊숙이 간여되어 강력한 신정 국가 체제를 구축해 놓고 있었다. 낮에는 테헤란 시내를 백여 명의 이란 혁명 수비대원들이 위아래 검정 유니폼을 입고 한 손에 총을 든 채 오토바이를 몰고 굉음을 내며 테헤란 중심가를 질주해 가며 시위를 하는데 그런 식으로 시민들에게 위압감을 주는 장면을 여러 번 보았다.

테헤란 역 앞에 모인 수많은 젊은이들도 이슬람 근본주의 성직자들이 젊은이들에게 성전(聖戰)에 참여할 것을 독려하여 모인 것이다. 실제로 어느 한국 상사에 근무하던 현지 젊은이가 하루아침에 사라져 이유를 알고 보니 성전에 참여하지 않고 사무실에 앉아 있기가 남 보기 부끄러워 전쟁터로 나갔다는 것이다.

정말 종교가 국가의 상위 개념이니 신성(神聖) 국가에서 성전에 참여하라는 요구에 반기(反旗)를 들 젊은이들이 얼마나 될까 생각하니 이념이나 사상 또는 종교가 국가의 통치 수단이 되었을 때 어떠한지 다시 한 번 생각하는 계기가 되었다.

이란은 옛 팔레비 왕조 시절부터 미국의 GM/EMD(General Motors/Electro Motive Division)에서 생산한 디젤 전기 기관차를 수입 철도 승객 및 화물을 운송하고 있었다. 그런데 팔레비 왕조의 몰락 후 특히 미 대사관 인질 사태 이후 미국과의 외교 관계가 단절되고 모든 상업 거래가 중단되자 전쟁 중 수송 수단으로 절대 필요한 GM 사의 디젤 전기 기관차를 구입할 길이 막혀 있었다.

마침 내가 근무하는 현대차량(현 현대로템)에서 이란 철도청이 필요로 하는 GM사의 동일 모델 기관차를 생산하고 있어 사업의 기회가 생겼다.

철도청 고위직은 모두 성직자들이 차지하고 있어 담당 국장과 상담을 마치고 저녁을 같이하기로 약속하고 헤어졌다.

약속된 저녁 시간에 국장이 나를 데리고 식당을 갔는데 팔레비 스트리트에 있는 식당이다. 국장이 말하기를 이 식당에서 부인과 결혼 전 데이트를 자주 하던 곳이란다. 팔레비 스트리트는 팔레비 국왕이 거주하던 왕궁 가는 길 이름인데 화려함이나 웅장함이 파리의 샹젤리제 거리를 닮아 테헤란의 샹젤리제로 불리던 곳이다.

찬찬히 식당 내부를 둘러보니 옛 화려함이 곳곳에 묻어나는 고급 식당이다. 비록 오랜 시간 유지 보수가 되지 않아 화려한 채색이 많이 퇴

색되고, 빛바랜 상태지만 금으로 도색 된 천장이나 화려하고 정교하게 조각된 창틀, 육중한 식탁 등 하나하나 눈길을 주는 곳마다 옛 영화가 숨겨져 있는 그런 식당이다.

간단하게 식사 주문을 마치고 얼마의 시간이 흐르자 국장이 조심스레 입을 떼면서 이야기를 시작한다.

지금 자기 나라는 옛날과 모든 것이 달라져 혼란스럽단다. 옛 팔레비 왕정 시대에는 나름 자유스러웠는데 지금은 모든 생활에 이슬람 근본주의를 따라야 하니 숨이 막힌단다. 왕정이 무너지면서 부유한 사람들은 이미 외국으로 도피했으며 옛날부터 못 살던 사람들은 그제나 오늘이나 변한 게 없으며 오히려 상대적 빈곤감을 안겨주던 부패한 부유층들이 사라져 행복해 하나, 자기처럼 외국으로 도피 못 한 채 남아있는 중산층들이 제일 힘들다며 푸념 비슷한 이야기를 꺼낸다.

부인과 데이트를 즐기던 화려했던 식당 그러나 지금은 빛바랜 대중식당에 나를 데리고 간 이유가 본인이 이야기하고 싶은 속내를 식당의 구석구석이 대변해 주길 바랐던 것이 아닌가 싶다.

목타게 기다린 신용장

테헤란 출장을 마치고 런던에 돌아와 상담 내용을 정리해 본사에 보고한 후 그 뒤로 두어 차례 이란 철도청을 방문 디젤 전기 기관차 13량 계약 금액으로 따져 미화 1,500만 불 상당의 계약을 체결하였다.

1982년 당시 미화 1,500만 불 계약은 꽤 큰 거래로써 정주영 그룹 회장 런던 방문 시 크게 칭찬을 받을 정도로 주목을 받았다. 특히 당시 현대차량은 현대중공업으로부터 독립한 신설 회사로써 국내 철도청으로부터 수주하는 1년 3~4대 디젤 전기 기관차를 생산, 납품하던 시절이었다.

계약 체결을 마치자 일감이 없던 창원 공장에서 이게 웬 떡이냐 하며 기관차 13대를 생산하기 시작했다. 통상 수주를 하고 나서는 생산하고자 하는 제품의 도면을 시행청으로부터 승인을 받고 납품 시 대금을 지급하겠다는 지급 보증, 즉 신용장을 받고 생산에 들어가는 것이 순서인데 공장에 일감이 없어 놀고 있는 상황이니 이것저것 따지고 기다릴 형편이 안된 것이다.

생산은 이미 시작이 됐고 신용장이 와야 할 텐데 소식이 없다.

사정을 알아보니 전쟁 중이라 돈이 생기면 그때그때 급한 것 메우느라 신용장 열 형편이 못 된다며 언제쯤 가능한지도 예측을 못 하겠단다.

한 달이 지나고 두 달이 지나도 소식이 없다. 런던의 이란 국영 은행 지점을 찾아 확인을 해보니 본부에서 연락이 없으니 연락이 오는 대로 곧 알려 주겠다는 답변뿐이다.

서울 본사에서는 기관차가 이미 생산이 다 되었고 전쟁 중인 나라에서 신용장 받기란 틀린 일 같으니 국내 철도청을 찾아 인수 협상을 벌인다는 소식이다.

내가 큰 빚쟁이가 된 셈이다.

시간이 흘러도 좋은 소식은 없다. 국내 철도청도 일 년 예산을 수립하여 그 범위 내에서 움직이는 곳이라 예산도 없이 인수할 수 없다는 것을 모두 알면서 답답한 마음에 이런저런 방안을 궁리해 보는 모양이다.

입이 바짝바짝 마르고 거의 체념 상태에 빠져 있을 무렵 이란 국영 은행 런던 지점 담당자로부터 전화 연락이 왔다. 신용장이 도착했다는 것이다.

사무실을 박차고 총알처럼 달려 이란 은행에 도착 신용장 전문(Full Cable)을 입수했다. 런던 오후 시간이니 서울은 이미 저녁 시간으로 모두 퇴근한 시간이다.

사무실 텔렉스 실(당시 본사와의 모든 교신은 전화나 텔렉스로 하고 있었음)에 웅크리고 앉아 신용장 전문을 펀칭(Punching)하기 시작했다.

토씨 하나 빠짐없이 전문을 펀칭하니 꽤 시간이 걸렸다. 저녁 늦은 시간에 펀칭한 테이프를 텔렉스 기계에 얹고 게눈 감추듯 보내고 나니 안도의 한숨이 나온다.

다음 날 아침 이른 시간 전화벨이 요란히 울리더니 본사에서 정문도(鄭文道) 사장이 보고를 받고 텔렉스 상단에 "만세 만 만세"라 쓰고 서울 사무소 전 직원을 모아 놓고 만세삼창을 했다는 소식을 전해 왔다.

그 후 기관차 13량은 무사히 납품 완료되었고 아직도 눈에 선한 테헤란 역의 구름처럼 운집한 젊은이들을 성전의 최전방으로 쉴새 없이 나르며 임무를 수행하다 지금은 퇴역하지 않았을까 싶다.

캄팔라의 참상

– 비운(悲運)의 나라

"네, 아직 정확한 출발 시간을 알 수가 없습니다."

"지금이 오후 5시인데 아직 출발을 못 했다면 밤에나 도착하겠군요. 여기 치안이 불안하여 밤에는 위험 합니다. 출발하는 대로 연락 주시면 현지인 운전기사를 공항에 내보내겠습니다."

우간다 한국 대사관 상무관과 현대종합상사 케냐 지사장 간의 전화 통화 내용이다.

1982년 가을 우간다 출장을 위해 케냐 나이로비에서 현대종합상사 케냐 지사장과 만나 여러 가지 사전 정보를 얻고 우간다행 비행기를 타고 떠날 예정이었으나 오후 2시 출발 예정인 비행기가 출발을 못 하고 있었다.

금요일 오후 주말이라 그러한지 공항이 매우 번잡하다. 저녁 7시가 넘어 탑승 수속을 시작한다는 안내 방송이 나왔다. 나이로비에서 화장실 휴지를 비롯, 비누, 치약 등 생활필수품들을 한가득 담은 더블 백을 둘러메고 탑승 수속 절차를 밟았다. 우간다의 사정이 매우 어려워 우간다에 출장을 하는 인편이 있으면 대사관 직원이 부탁을 하여 준비한 물건들이다.

밤 9시경 엔테베 공항에 도착하니 저 멀리 계류장 한구석에 이스라엘 비행기 한 대가 처박혀 있다. 그 유명한 엔테베 작전이 벌어진 역사적 현장을 목격한 것이다.

엔테베 작전이란 1976년 팔레스타인 테러 단체가 이스라엘 여객기를 납치하여 이곳 엔테베 공항에 착륙, 승객을 인질로 잡고 팔레스타인 포로를 석방할 것을 요구하면서 벌어진 사건이다. 이에 이스라엘 공군 특수 부대가 작전을 펼쳐 팔레스타인 테러 단체를 사살하고 인질을 무사히 구출한 사건으로써 이 작전을 통해 이스라엘 특공대의 귀신 같은 작전이 온 세계에 알려져 유명해 진 사건이다.

공항에 도착 종이 팻말을 들고 있는 현지인 기사를 만나 차를 향해 가는데 방금 타고 온 비행기의 여승무원 3명이 뒤쫓아 와 시내까지 같이 좀 가 달란다. 현지인 기사를 쳐다보며 어찌했으면 좋겠나 물으니 좋다는 것이다.

작은 차에 일행이 꽉 차게 앉아 시내로 향하는데 곳곳에 검문소가 무척 많다. 다행히 내가 탄 차는 외교관 번호판을 달고 있어 수월하게 검문소를 통과 시내로 들어 왔다.

현지인 기사가 예약한 호텔에 나를 내려놓는다. 밤 10시가 넘은 시간이다. 호텔 Check-in을 하고 열쇠를 받아 방에 들어가니 꽤 큰 방에 알전구 하나가 천장에 대롱대롱 매달려 희미한 빛을 낸다.

조용히 방 내부를 살펴보니 예사롭지 않다.

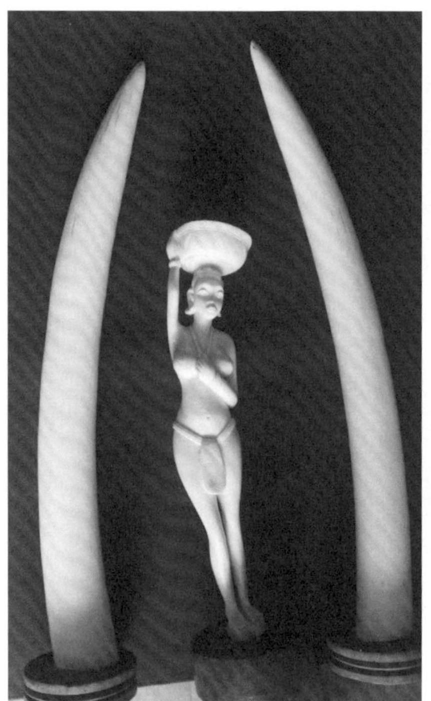

Abidjan, Ivory Coast (1983)

"모정" 유화, Lagos, Nigeria (1981)

벨리 댄스, Tunis, Tunisia, (1983)

"절구질하는 여인"

Sand Painting, kinshasa, Zaire (1983)

창틀 유리창은 군데군데 깨져 있으며, 욕실을 보니 욕조에 물이 차있고 그 위에 5~6센티 두께의 날 벌레들이 죽어 떠 있다. 역한 냄새에 구토가 난다.

상황이 심각한 것을 직감하고 나이로비 공항에서 비행기 출발을 기다리느라 점심도 제대로 먹지 못해 허기가 느껴져 방문을 나서 로비로 내려갔다. 식당으로 보이는 곳은 문이 닫혀있다. 이곳저곳을 둘러 보다 바(Bar)한 곳이 영업을 하고 있는 것을 발견하고 들어갔다. 담배 연기가 자욱하다. 두 눈이 어둠에 적응을 하자 외국인 서너 명이 눈에 들어온다. 덥수룩한 수염에 핼쑥해 보이는 것이 마치 폐병 환자의 모습이다. 로컬 맥주를 시켜 놓고 마시고들 있다. 알고 보니 이 바(Bar)가 그 호텔에서 유일하게 목을 축일 수 있는 곳이었다. 나도 로컬 맥주 한 병을 시켜 목마름을 달랬다.

그 날 밤 여기저기 총소리에 잠을 잘 수가 없다. 1978~1979년 사이 탄자니아와의 전쟁이 벌어져 끝이 났으나 밤이면 아직도 총격전이 벌어진단다. 그리고 탄자니아 일부 군인들이 월급을 받지 못해 밤이면 총을 쏘며 약탈을 한다는 이야기도 들린다. 이란-이라크 전쟁 중 테헤란의 밤이 생각난다. 전쟁터만 쫓아다니며 장사 거리를 찾고 있으니 군인이나 다름없구나 하는 생각이 든다.

다음 날 토요일이다. 호텔에 세수할 물은커녕 식사할 곳도 없다. 주말을 넘기려면 자꾸 움직이지 말고 체력을 비축해야겠다는 생각이 문득 든다. 침대에 누워 이런저런 생각을 하며 뇌 운동만 했다.

오후 세시 경 문득 밖에 나가 열대 과일이라도 사다 허기를 채워야겠다는 생각이 들었다. 호텔 밖을 나서니 밤과 달리 비교적 평온해 보인다. 걷다 보니 자그마한 시장에 다 달았다. 여기저기 자그마한 좌판에 물건 몇 개씩을 올려놓고 손님을 기다린다. 눈길이 가는 곳이 있어 보니 커피를 팔고 있다. 탄자니아 커피가 있다. 어디선가 탄자니아 커피가 유명하다는 말이 생각나 한 봉지 샀다. 그리고는 생명수로 그레이프 프루트 서너 개를 비상식량 겸 사 들고 호텔로 돌아왔다.

악몽 같은 주말을 보내고 월요일 아침이 되자 대사관에서 차를 보내왔다. 차를 타고 대사관에 가 상무관을 만났다. 첫인사가 세수했느냐는 것이다. 아마 호텔뿐만이 아니라 그곳 전체가 물이 부족한가 보다. 이야기 끝에 사흘간 세수를 못 하고 밥을 먹지 못했다 하니 깜짝 놀란다. 묵고 있는 호텔이 수도 캄팔라(Kampala)에서 유일하게 문을 연 호텔로 선택의 여지가 없었으나 식당은 운영하는 줄 알았다는 것이다.

대사관 상무관이 매우 미안해하며 당장 자기 집으로 옮기자며 기사를 데리고 호텔로 가 짐을 싸 상무관 숙소로 옮겼다. 난생처음 관폐(官弊)를 끼쳤다.

다음 날 출장 업무를 보고 서둘러 캄팔라를 빠져나와 나이로비에 도착하니 긴 안도의 한숨이 나온다. 공기를 힘껏 빨아들이니 매우 달콤하다.

독재자 이디 아민(Idi Amin, 1971~1978 재임)의 8년여에 걸친 학정(虐政)에 시달리며 수십만 명이 목숨을 잃어버린 비극의 땅. 1978년 이디 아민이 탄자니아와의 전쟁에서 패한 후에서나 권좌에서 쫓겨난 비운의 나라.

올바른 지도자가 나와 국리민복(國利民福)의 지도력을 발휘하기가 그리도 어려운지 권좌에만 오르면 독재로 양민(良民)을 억압하니…….

게임 드라이브(Game Drive)

– 동물의 세계

아프리카를 드나들며 사파리를 못 본다면 일생 후회할 것 같다. 하지만 기회를 잡기가 수월치 않다. 지금이야 남아프리카를 비롯, 많은 나라들이 사파리를 관광 상품으로 개발 활성화시켰지만 1980년대 초에는 케냐와 탄자니아 국경 지역 킬리만자로 산을 둘러싼 초원 지대의 세렝게티 국립공원(Serengeti National Park)이 제일 유명한 곳이었다.

세렝게티 국립공원 지도 (1983)

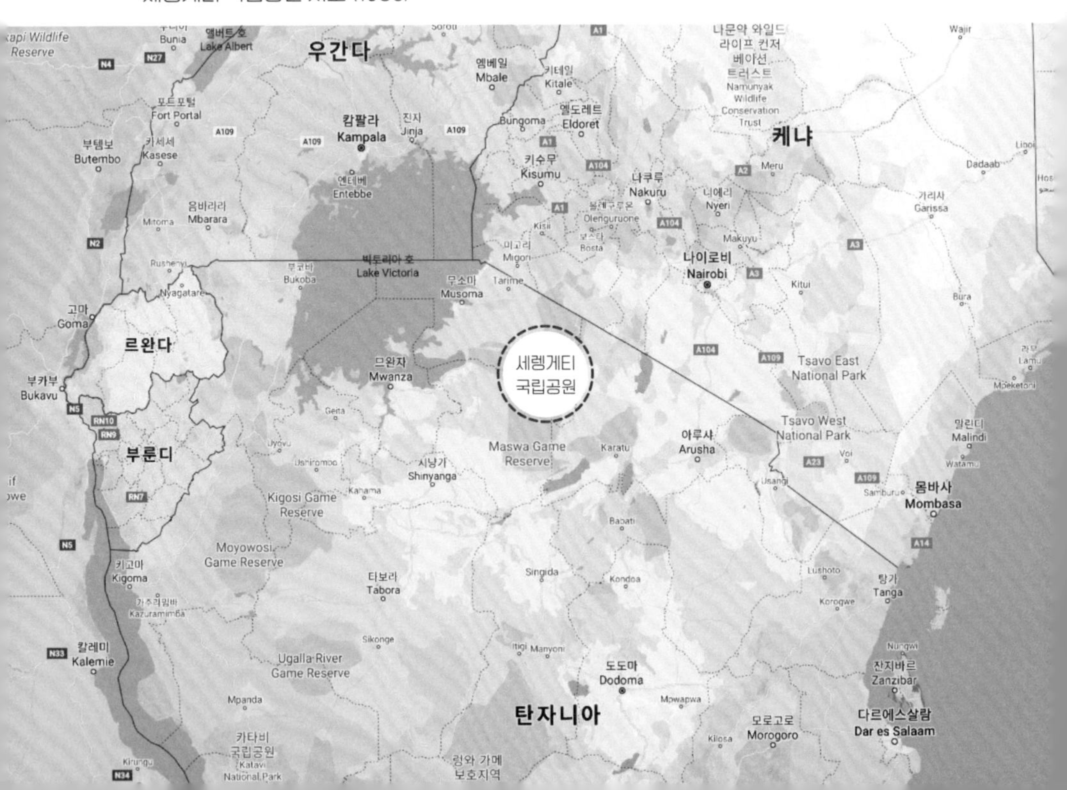

당시 탄자니아는 공산권 국가로서 여행이 금지되어 있었으니 가능한 방법은 케냐(Kenya)를 통해 가는 방법이다. 지금이야 휴가를 내고 아무 때나 갈 수 있지만 그때는 여러 가지 여건이 맞아야 갈 수 있었다. 1983년인가 마침 케냐 출장 계획이 생겨 주말을 끼어 일정을 잡았다. 나이로비에 도착하자 현지 여행사엘 쫓아가 암보셀리(Amboseli) 국립공원 관광 코스를 신청했다.

암보셀리 국립공원은 킬리만자로 산 밑 자락에 위치한 곳으로 킬리만자로 산의 정상을 한눈에 볼 수 있는 곳이다. 유럽의 관광객들이 일년 내내 즐겨 찾는 곳으로 우리는 사파리라 부르지만 그들은 게임 드라이브라 부르는 관광을 할 수 있는 곳이다. 게임 드라이브란 말 그대로 자동차를 타고 동물과 인간이 게임을 하듯 서로 찾아다니며 구경한다는 의미에서 붙여진 이름이다.

아침 일찍 약속된 시간 호텔 로비에서 기다리니 여행사 직원이 데리러 왔다. 차 속에는 유럽 관광객 대여섯 명이 앉아 있다 서로 인사를 하고 출발해 다른 호텔 두어 곳을 들러 본격적으로 국립공원으로 향했다.

국립공원 가는 도중 탄자니아와의 국경 부근 휴게소에서 잠깐 휴식 시간을 가졌다. 그곳엔 마사이(Masai) 족 여인들이 토속품을 팔고 있었으며 사진을 같이 찍고는 돈을 요구하기도 했다. 마사이 족은 귀 뿌리에 구멍을 내고 큰 귀걸이를 하고 있는 것이 특징인데 아프리카를 대표하는 사진에도 많이 나온다. 마사이 족 남자는 매우 용맹한 것으로 알려져 있어 수도 나이로비의 은행 건물 경비 업무는 대부분 마사이 족이 맡고 있었다.

아프리카 마사이 족 여인 (1983)

마사이 족 마을 휴게소를 지나면서 국립공원까지는 비포장도로로 흙먼지가 심하게 날린다. 야생의 세계로 들어선 것을 실감한다. 도중에 기린 떼들을 볼 수 있으며 얼룩말 무리들도 볼 수 있다. 동물의 세계 영화에서 보았던 광경이 눈앞에서 펼쳐지니 흥분되기 시작한다.

저녁 무렵 숙소 로지(Lodge)에 도착, 숙소 배정을 받았다. 통나무 집에 방 한가운데 하얀 시트가 깔린 침대 그리고 침대를 포근히 감싼 모기장 정말 동화 속에 나오는 공주님의 잠자리 같다. 양변기가 갖추어 져 있으며 작은 창이 달린 창문에는 어린 원숭이들이 달라붙어 재롱을 떤다. 이게 무슨 별세계란 말인가…….

저녁 식사는 별도 건물의 식당에 부페 식으로 준비되어 있는데 유럽의 일류 호텔 못지않은 훌륭한 메뉴들로 가득하다. 어둠이 깔리자 로지 주위를 횃불 토치(Torch)를 든 아프리카 현지인들이 둘러싼다. 코끼리 떼의 습격을 방지하기 위해 밤새도록 주위를 그런 식으로 지킨단다.

Amboseli Lodge (1983)

다음 날 아침 일찍 차에 올라 동물의 세계를 보러 나갔다. 하루 일정은 아침 일찍 출발 습지 구역에 잠에서 깨어나 물을 마시러 나온 맹수를 보는 것으로 시작하여 그것이 끝나면 로지로 돌아가 아침 식사를 하고 다시 동물의 세계를 보러 간다.

이때는 초식 동물을 비롯해 온갖 파충류들을 구경한다. 낮 시간 힘깨나 쓰는 맹수들이 낮잠을 즐기는 사이 연약한 무리들이 자기들의 세상을 즐기는 모습을 보는 시간이다. 어쩜 인간 세계와 이리도 같은지 힘센 상사 앞에서 눈치를 보다 상사가 눈앞에서 사라지면 자기 세상을 만난 듯 좋아하는 우리 인간 세상과 똑 닮았다.

첫날 아침 일찍 나가 습지에서 얼룩말들이 물을 먹는 광경을 보고 뒤돌아서 다른 곳으로 이동을 하는데 얼마 안 돼 주위가 시끄러워졌다. 여기저기 사파리 차들이 흙 먼지를 내 뿜으며 달리기 시작한다. 모두 같은 방향이다. 도착해 보니 사자가 방금 전 물가에 나와 물을 마시던 어린 얼룩말을 잡아 열심히 식사를 하고 있다. 현지 관광 가이드들끼리 신호를 보내며 구경거리의 정보를 교환한 모양이다. 정말 텔레비전에서나 보았던 동물의 세계를 생생히 두 눈으로 확인한 순간이다.

초원의 왕 (1983)

약육강식(弱肉强食), 약한 자의 고기는 강한 자가 먹는다.

강자가 약자를 지배하고 다스리는 세상의 이치를 나타내는 말로써 오직 힘이 지배하는 세계를 한마디로 표현한 것이다.

나는 저 많은 동물 중 어느 동물에 해당할까? 하는 의문을 던져 본다.

개인이나 국가나 살아남으려면 힘이 있어야 한다. 뒤돌아보니 1인당 국민 소득 67불의 최빈국에서 지금 1,000불 수준의 나라로 끌어 올린 것만 해도 대견스럽지만 남에게 잡혀먹히지 않으려면 아직 갈 길이 멀다. 오늘 동물의 세계를 보며 나라의 장래를 걱정해 본다. 착잡한 심정으로 숙소로 돌아왔다.

로지 한쪽에 수영장이 있다. 수영은 잘 못 하지만 수영장 옆 벤치에 누워 책을 읽었다. 킬리만자로 산에서 흘러 내려온 물을 받아 채운 수영장 물 색깔이 푸르다. 적도에서 200여 킬로 밖에 떨어져 있지 않은 이곳 그러나 해발 1,500미터의 고원으로 무덥지 않은 날씨…… 적도(赤道)의 따가운 햇살, 그리고 킬리만자로에서 흘러온 푸르고 차가운 물, 하루 두 번 밖에 얼굴을 내밀지 않는 수줍은 아프리카 인들의 영산(靈山) 킬리만자로 산, 그리고 눈(雪)으로 반백(半白)의 히틀러 형 가르마를 탄 산봉우리…….

햇살에 달궈진 풀 사이드 벤치의 매트 위에 누워 모든 절경을 한눈에 집어넣으려니 눈이 부시다. 평생 잊을 수 없는 그림 한 폭이다.

킬리만자로 산 아래 수영장 (1983)

흑백의 대결장

– 남아프리카

아니 이게 어찌 된 일이지? 남아프리카 공화국 행정수도 프레토리아(Pretoria) 공항에 도착하자 눈앞에 일본, 미국, 유럽 자동차들이 즐비하게 보인다. 이 나라는 인종 차별 문제로 유엔으로부터 경제 봉쇄(Economic Sanction)를 당해 서방 세계의 물건들이 못 들어 오는 줄 알았는데 막상 와 보니 차고도 넘친다.

괘씸한 생각이 든다. 유엔의 이름으로 경제 활동을 못 하도록 제재를 가해놓고 일부 강대국들은 뒤로는 물건을 팔아먹다니…….

사실 1983년 이 나라에 들어오기 전 영국 주재 남아공 대사관에 비자 신청을 할 때 내 여권에 남아공 방문 기록이 남으면 중동 지역 방문 시 문제가 된다 하며 루스 리프 비자(Loose Leaf Visa)라는 별지(別紙) 비자를 받아 조심스레 들어 왔는데 막상 와 보니 밖에서 알고 있는 세상과는 전혀 다른 것에 놀랐다.

독일인 친구의 안내로 철도청을 방문하니 기차역 플랫폼 벤치에 흑 백인의 좌석이 구분되어 있었으며 객차에도 물론 흑인 백인 칸이 구분되어 있다. 마치 미국의 남북 전쟁 이전 영화를 보는 듯하다. 독일인 친구에게 동양인은 어디에 앉느냐 물으니 머뭇머뭇하다 백인 칸이라 답한다. 정답이 아닌 듯한 느낌이다.

프레토리아 도심은 낮에는 백인들 세상이고 저녁 퇴근 시간 이후에는 흑인들 세상이다. 도심 한복판 밤 시간 백인들은 모두 시내 외곽 자기들 거소로 퇴근을 하고 건물에는 경비를 서는 흑인들만 보인다. 낮과 밤에 따라 두 얼굴을 가진 도시이다.

다음 날 친구의 안내로 박물관을 찾았다. 그곳에는 백인들이 마차 뒤에 숨어서 습격해 오는 흑인들을 향해 총을 쏘며 저항하는 모습을 모형으로 만들어 놓았다.

설명에 의하면 이곳은 원래부터 백인들 땅인데 북쪽에서 흑인들이 침입해 내려와 전쟁을 치르며 지킨 백인들 땅이라는 것이다. 반면 흑인들은 반대로 이야기를 하니 어느 것이 맞는 말인지 나는 모르겠다.

덧붙여 백인들 주장은 이 나라는 백인들 덕분에 아프리카 대륙 흑인들 중 제일 잘 사는 곳이 되었다며 경제적 풍요를 누리면 되지 다른 무엇이 필요하냐는 주장이다. 묻지도 않는데 설명은 계속된다. 궁색하게 들렸지만 이 나라는 법으로 흑인들의 권리를 백인들보다 더 보장해 주었다며 주거 정책을 설명한다.

흑인은 백인이 사는 동네에 거주할 수 있지만 백인은 흑인이 사는 지역에 거주할 수 없도록 법으로 규정되어 있단다. 글쎄 백인 중 흑인 구역에서 살 사람이 과연 있을까?

한 나라에서 서로 자기들이 주인이라고 주장하며 동거를 하고 있으니 조용할 날이 없겠다. 수적 열세인 백인들은 언제 무슨 일이 벌어질지 불안한 가운데 살아가는 모습이다.

어디를 가나 정치적, 경제적 이해관계가 얽혀 갈등을 겪는다. 이것이 때론 내전으로 확대되어 수많은 양민들이 희생된다. 갑자기 세렝게티 초원의 사자 먹이가 된 얼룩말이 떠오른다.

남 아프리카 공화국 금광(金鑛), Pretoria ,South Africa (1983)

삶에 교훈(敎訓)이 된 글

Today is Gift

_ Eleanor Roosevelt

Many people will walk in and out of your life,
But only true friends will leave footprints in your heart.

To handle yourself, use your head,
To handle others, use your heart.

Anger is only one letter short of danger.
If someone betrays you once, it is his fault,
If he betrays you twice, it is your fault.

Great minds discuss ideas;
Average minds discuss events
Small minds discuss people.

He, who loses money, loses much;
He, who loses a friend, loses much more,
He, who loses faith, loses all.

Beautiful young people are accidents of nature,
But beautiful old people are works of art.

Learn from the mistakes from others.

You can't live long enough to make them all yourself.
Friends, you and me …
You brought another friend…
And then there were 3…
We started our group…
Our circle of friends…
And like that circle…
There is no beginning or end…

Yesterday is history.
Tomorrow is mystery.
Today is gift.

위의 글은 미국 32대 프랭클린 루즈벨트(Franklin D. Roosevelt 1882-1945) 대통령 부인 엘리나 루즈벨트(Eleana Roosevelt, 1884-1962)여사의 글이다.

"당신의 삶 속에 많은 사람들이 당신 곁을 스쳐 지나가지만 오직 진정한 친구만이 당신의 마음속에 발자국을 남깁니다.

당신 자신을 다스리려거든 머리를 쓰고, 남을 다스리려거든 마음을 쓰세요.

누군가가 당신을 한번 배반하면 그건 그의 잘못이지만, 두 번 배반한다면 그건 당신의 잘못입니다.

위대한 사람들은 이상(理想)을 이야기하고, 평범한 사람들은 일상을 이야기하며, 소인배(小人輩)들은 사람에 대해 이야기합니다.

돈을 잃은 사람은 많은 것을 잃은 것이고, 친구를 잃은 사람은 더 많은 것을 잃은 것이며, 신뢰를 잃은 사람은 모든 것을 잃은 것입니다."

아름다운 젊음은 자연의 우연함이지만, 아름다운 노년(老年)은 예술 작품입니다. 다른 사람의 잘못에서 배우세요.

당신은 모든 사람을 당신의 친구로 만들 만큼 오래 살지 못합니다.
당신과 내가 친구가 되고, 당신이 다른 친구 하나를 더 데려오면 우리는 셋이 됩니다. 우리는 한 무리의 친구들로 원(圓)을 만들기 시작합니다. 시작도 끝도 없는 그런 원(圓)말입니다.

어제는 역사(歷史)이며, 내일은 미지(未知)입니다. 오늘은 주어진 선물(膳物)입니다."

글귀 구절마다 한 줄의 시(詩) 같다. 음미할수록 인생의 맛이 우러나는 구수한 청국장 맛이다.

사람이 살아가면서 고통을 겪는 때가 많이 있는데 고통 중에서 가장 견디기 힘든 고통이 사람으로 인해 겪는 고통 즉 인고(人苦)라는 말이 있다. 사람한테 시달리면서 받는 고통이 고통 중에 제일 견디기 힘든 고통이라는 말이다.

—

"당신의 삶 속에 많은 사람들이 당신 곁을 스쳐 지나가지만 오직 진정한 친구만이 당신의 마음속에 발자국을 남깁니다."

—

살아가면서 다른 사람에게 욕되지 않고 진정한 친구가 되도록 노력하며 살았다.

이 글을 접하고 난 뒤 많은 사람들에게 우리 서로 진정한 친구가 되자는 바램으로 글을 보내 주었다. 내 삶 속에 거쳐 간 국내와 해외의 친구들 얼굴이 하나하나 떠오른다.

그 친구들에게도 오늘이 주어진 선물의 날이기를 기원한다.

회사 합병

3년 반의 런던 주재 생활을 마치고 1984년 하반기 본사로 귀임을 했다. 떠날 때의 초라하던 회사 모습이 이제 수출 시장이 개척되고 국내 시장도 안정되어 많이 변해 있다. 대견스런 모습이다.

해외 영업부를 맡아 일을 하는데 이상한 소문이 돌기 시작한다. 그룹 내 현대정공(현 현대모비스)이라는 회사와 합병 소문이 돈다. 현대정공은 현대그룹 창업자 정주영 회장의 큰아들 정몽구 사장(장자 정몽필 사장은 1984년 교통사고로 타계)이 이끄는 회사로 컨테이너와 자동차 부품을 생산하는 회사다.

1985년 6월 1일 현대정공주식회사(Hyundai Precision & Ind. Co., Ltd)와 현대차량주식회사(Hyundai Rollingstock Co., Ltd)가 합병되어 소문이 현실화되었다. 말이 합병이지 현대정공㈜가 현대차량을 먹어 치운 것이다.

합병 후 매주 월요일 사장 주재 회의가 끝나면 현대차량의 부장급 간부들이 하나씩 사표를 내고 옷을 벗는다. 점령군과 피 점령군의 차이를 극명히 느낄 수 있는 상황들이 한동안 벌어졌다. 회사 합병에 따른 중복 부서 특히 관리 부서와 과다 인원에 대한 구조조정이 계속되었다.

현대그룹으로 직장을 옮기고 벌써 타의에 의해 나의 소속 회사가 세 번째 바뀐 셈이다. 새로운 회사의 환경에 적응하는 데 어려움이 크다. 특히 그동안 전문 경영인이 운영하던 회사에 근무하다 오너가 운영하는 회사에 오니 분위기가 확연히 다르다. 오너 회사에서는 오너 눈에 들면 장래가 보장이 되고 눈에서 벗어나면 빨리 거취를 정하는 것이 현명한 처세임을 차차 알게 되었다.

정몽구 회장 미국 Murray Energy Corp, Robert E. Murray 회장 면담 (1987)

오너 주변에는 소위 측근이라는 사람들이 벽을 쌓아 놓고 뉴 컴머(New Comer)들의 접근을 차단한다. 자기들만의 아성을 굳게 지키며 타인이 범접할 수 없도록 방화벽을 치고 있다. 몇몇 측근들이 가끔 서로 힘자랑을 하기도 하며 때론 단합하여 외부의 접근을 차단한다.

피 점령군 입장에서 눈치껏 변화된 환경에 적응하는데 다소의 시간이 필요했다.

미 국가 안보 보좌관

- 리차드 알렌(Richard Allen)

"정 부장, 우리 회사에서 요트 사업을 하려는데 그걸 맡아줘야겠어."

"네? 저는 그쪽 분야에 전혀 경험도 없고 아는 것이 없습니다."

"요트에 대해 몰라도 돼요. 리차드 알렌이란 분을 맡아줘야겠어요."

회사 관리 본부장에게 불려가 나눈 대화 내용이다.

나중에 자세한 내막을 들어 보니 정주영 그룹 회장이 미국의 리차드 알렌이라는 사람을 그룹 고문으로 영입했다는 것이다. 자세한 내막은 모르겠으나 당시 국내 대 그룹에서 미국의 오피니언 리더(Opinion Leader)들을 그룹 고문으로 영입하는 것이 추세였다. 대우 그룹에서는 미 국방장관을 지낸 슐레이진저 씨를 고문으로 영입하였으며 현대는 리차드 알렌 씨를 영입했다.

1986년 당시는 전두환 대통령 시절로써 신군부가 세운 정부가 미국 정부로부터 신임을 얻기 위해 국내 대기업 회장들에게 미국 내 오피니언 리더들을 맡아 우호적 여론을 형성하도록 부탁을 한 것이 아닌가 싶다.

현대그룹의 고문으로 위촉된 리차드 알렌(Richard Allen)은 미국 40대로널드 레이건(Ronald Reagan 1981~1989년 재임) 대통령 시절 백악관 안보 보좌관을 지냈으며 미 공화당 싱크 탱크인 헤리티지 재단을 맡고 있던 인물로 극동 지역 즉 일본, 한국 및 대만통으로 알려져 있던 분이다.

리차드 알렌이 현대그룹 고문으로 영입되자 정주영 회장은 대만이 작은 나라이면서 큰 기업도 없이 경제 성장을 이루는 비결이 무엇인지 알고 싶다며 리차드 알렌에게 보고를 해 달라고 요청을 했다.

여기에 대한 보고 내용 중 대만에서는 요트 사업으로 매년 1억 불 이상 미국에 수출을 한다며 현대에서도 이 사업을 해 보도록 건의하자 정 회장이 과거 경일 요트를 통해 경험이 있는 현대정공에서 해 보도록 지시를 해 새로이 시작하게 됐다는 것이다.

정주영 그룹 회장과 Richard Allen 미 안보 보좌관, 울산 (1987)

회사에서는 서둘러 울산에 생산 설비를 갖추고 인력을 보강하여 요트 사업부를 출범시켰다.

나의 주 임무는 리차드 알렌이 한국에 오면 한국 정부의 주요 인사들을 만나고 정주영 그룹 회장을 만난 후 요트 관련 사업 이야기를 할 때 그분을 만나 응대하는 것이 주 업무였다. 알렌은 현대에 요트 사업을 권유하면서 미국 내 판매는 자신이 하겠다며 투자자들을 모아 '프레지덴셜 요트(Presidential Yachts)'라는 회사를 차렸다.

수차례의 협의 끝에 리차드 알렌과 현대정공 간 요트 사업에 대한 기본 합의를 하고 미국 워싱턴 D. C 헤리티지 재단 사무실에서 서명식을 갖기로 했다.

1987년 초 미국 워싱턴 D. C 헤리티지 재단 사무실을 찾았다. 그 당시 워싱턴에는 정몽준 사장이 존 홉킨스 대 유학 중이었으며 현대중공업에서 이사 한 분이 워싱턴에 주재하고 있었다. 워싱턴에 도착하자 현대중공업 이사가 정몽준 사장에게 나의 도착 사실을 보고한다.

다음 날 나 혼자 헤리티지 재단 사무실을 방문 리차드 알렌 씨를 만났다. 알렌 씨는 반가워하며 사무실을 안내 이것저것 소개 겸 자랑을 늘어놓는다. 전두환 대통령 가족과 청와대에서 만찬을 하며 찍은 사진도 벽에 걸려 있다. 둘이 앉아 요트 사업에 대한 기본 합의서에 서명을 했다. 리차드 알렌은 현대 요트가 미국 시장에 수출이 되면, 미국 내 현대자동차 TV 광고가 나갈 때 '현대 요트도 곧 온다(Hyundai Motor Yachts also coming soon)'라고 광고를 하자며 들뜬 기분이다.

기본 합의서 서명 후 사업을 본격적으로 시작하기까지 많은 시간이 걸렸다. “프레지덴셜 요트”라는 이름을 지은 후 생산을 위한 요트 도면이 와야 하는데 시간이 걸렸다. 리차드 알렌 측에서도 처음 시작하는 사업이라 여러 가지 준비들이 매끄럽게 진행이 되지 않았다.

그 뒤 한동안 리차드 알렌과 만나면 어제는 3 허씨와 술을 마셨다느니 오늘은 “K” 씨와 술을 마신다느니 하며 당시 정권 실세들 이름을 거론하고 사진을 보여주며 자랑하곤 했다. 그도 요트에 대해 모르고 나도 모르니 업무 이야기는 별로 없고 그저 그분이 당시 정치 실세들과의 이야기를 늘어놓으면 나는 듣는 편이었다.

이렇게 시작된 사업은 결국은 파경을 맞았다. “프레지덴샬 요트”라는 거창한 이름으로 요트를 제작 미국 모터 요트 쇼(Motor Yachts Show)에 출품을 하였는데 한 척도 수주를 못 하고 끝난 것이다. 리차드 알렌 측에서 클레임을 걸어 왔다. 품질 문제로 미화 600만 불의 클레임을 청구한 것이다. 우리는 당신이 제공한 도면에 따라 제작을 한 것이며 당신들이 파견한 엔지니어의 지도 하에 제작을 했는데 무슨 클레임이냐고 응수를 하며 몇 개월을 다투며 논쟁을 벌이다 끝이 났다.

우리 속담에 “송충이는 솔잎만 먹어야지 갈잎을 먹으면 죽는다”는 말이 있다. 정치인이 사업을 하겠다 덤비다 탈이 난 것이다. 경험상 느낀 바이지만 비즈니스는 비즈니스로 접근을 해야지 무슨 정치적 배경이나 안면을 가지고 접근을 하면 꼭 실패한다는 평범한 진리를 또 깨달았다.

서울 올림픽

– 1988년

대한민국 서울이 올림픽 유치에 성공을 했다. 현대그룹 정주영 회장은 '88 서울올림픽 유치위원장'을 맡아 전 세계 IOC 위원들을 상대로 지극정성의 로비 활동을 벌여 1981년 9월 독일 바덴바덴(Baden-Baden)에서 열린 IOC 총회에서 일본 나고야를 제치고 올림픽 유치에 성공을 했다.

올림픽 유치 후 얼마 되지 않아 예기치 않은 사달이 벌어졌다.

내가 런던 주재 당시 한국 대사관에 유럽 각지에서 하루 2,000여 통의 편지가 쏟아져 오는데 내용은 개고기를 먹는 나라에서의 올림픽 개최를 반대한다는 내용이다. 대사관에서 진땀을 흘리며 해명을 하기도 하고 본국에는 이런 내용을 보고하여 올림픽 개최 전 서울 시내의 보신탕집을 전부 문 닫도록 조치한 일이 벌어졌다.

1988년 올림픽과 더불어 이듬해 대한민국의 1인당 국민 소득이 US $5,185로 세계은행 분류 기준 중진국 대열 초입에 들어서게 된 첫해다. 또한 1월 1일을 기해 그동안 제한되어 왔던 해외여행이 전면 자유화된 뜻깊은 해 이기도 하다.

1974년 내가 사회에 첫발을 내디딘 지 15년 만의 일이다.

정주영 회장 선거판에

1992년 초 통일국민당을 창당 대선 출마를 선언하며 정치판에 뛰어든 정주영 명예회장은 그해 봄 실시한 총선에서 31석의 국회 의석을 차지하며 정계에 성공적 진입을 하였다. 이후 12월 실시된 대선 과정에서 현대그룹 모든 직원들이 선거 운동에 동원되어 봉급쟁이들로써는 경험해 볼 수 없는 희한한 경험들을 하였다.

그룹 내부에서 각 사별로 담당 지역을 할당 유권자 포섭 및 당원 등록 경쟁을 시키니 죽기 살기로 덤벼들 들었다. 매주 활동 상황을 점검하는 사장단 회의에서 첫 주에 400만 명이 집계되었고 한 달 만에 1,000만 명이 넘어서자 사장단들도 놀라 숫자를 줄여가며 보고 하느라 진땀을 흘렸단다.

경쟁을 시키다 보니 유권자를 포섭하였다고 여관집의 숙박계를 베껴 이름, 주민 등록 번호를 적어 내질 않았나, 보험업을 하는 회사는 보험 모집인을 동원하여 보험 가입자 본인의 동의도 없이 명단을 제출하는 등 온갖 촌극을 벌이기도 했다.

이런 식으로 집계를 하니 몇백만 명의 명단은 쉽사리 채울 수 있어 모두들 대선 성공의 장밋빛 꿈속에 젖어들기도 하였다.

하나 결과는 400만 표 득표에 그쳐 현대그룹 직원 그리고 가족들 숫자에도 못 미치는 것을 보고 크게 실망하였다는 후문이다. 대선에서의 패배로 얻은 것은 혹독한 세무 조사와 은행 대출 제한으로 기업의 목줄이 조여 숨 막혀 죽을 뻔한 경험들을 하였다.

경제인이 정치계에 뛰어들어 남의 밥그릇을 탐낸 죄였을까? 돈과 권력을 모두 쥐려는 욕심에 대한 응징이었을까?

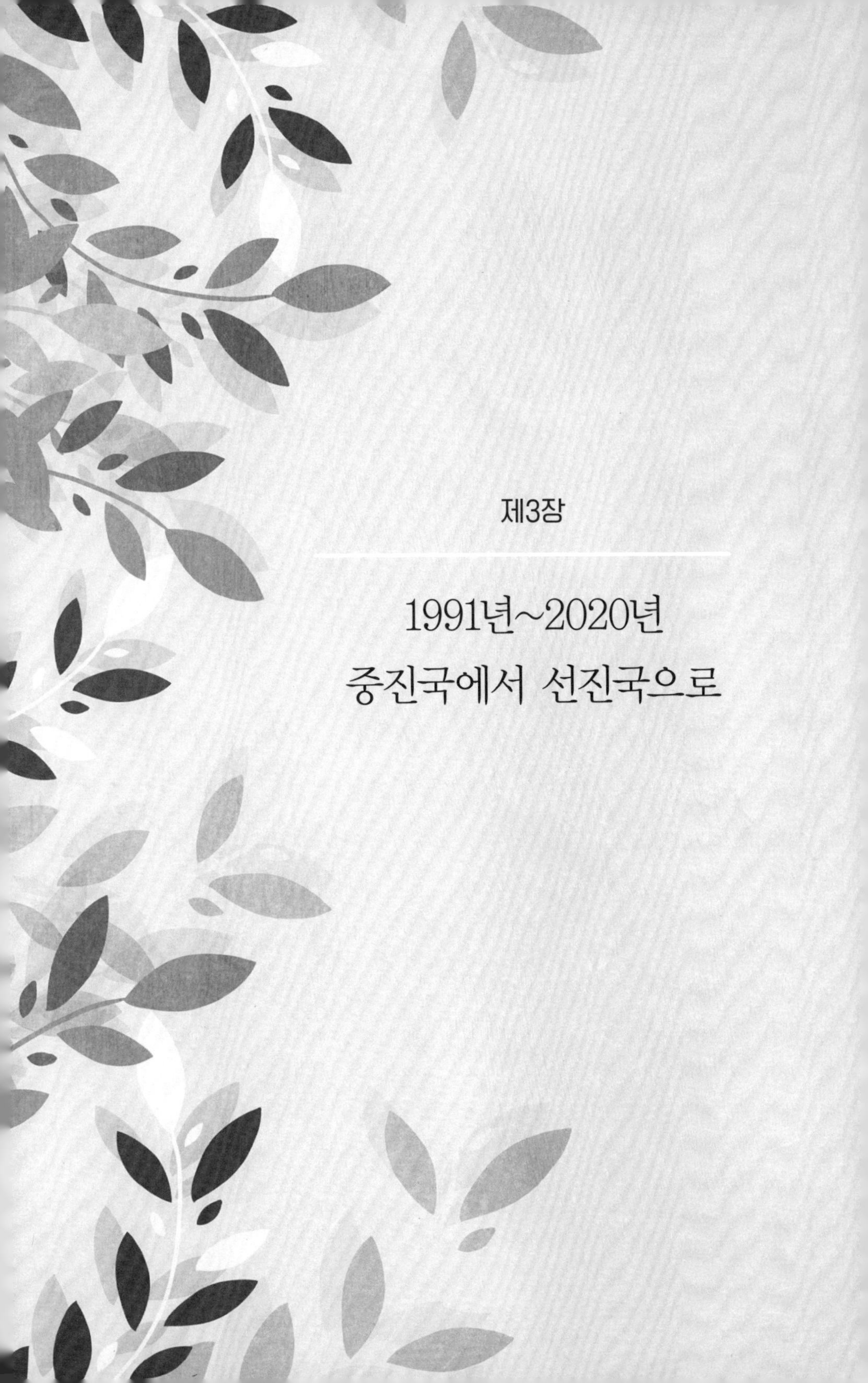

제3장

1991년~2020년 중진국에서 선진국으로

새로운 여정(旅程)

수출 입국(輸出 立國)의 기치를 내걸고 빈약한 지하자원에서부터 시골 처녀의 긴 머리를 잘라 만든 가발(假髮)과 섬유, 신발에 이르기까지 가진 것은 모두 수출 시장에 내다 팔고 공순이, 공돌이 소리를 들으며 일터로 나간 산업 전사들 덕분에 기아(飢餓)에서 벗어난 대한민국…….

1988년 서울 올림픽을 치르고 다음 해 1989년 1인당 국민 소득 미화 5,185불로 중진국 대열에 들어섰다. 내가 사회에 첫발을 내민 1974년 미화 540불이었던 1인당 국민 소득이 15년 만에 10배로 성장하여 중진국이 된 것이다.

하늘이 도우신 것이 한국 경제가 후진국을 벗어나 중진국에 오를 수 있었던 것은 누가 무어라 해도 중동, 아프리카의 산유국(産油國) 시장 덕분이었다.

그동안 식민 지배(植民 支配)를 통한 서구 열강 업체들의 독무대였던 중동, 아프리카 시장이 1960년대 독립과 더불어 우리에게도 기회가 찾아온 것이다. 특히 1973년과 1978년 2차에 걸친 석유 파동으로 배럴 당 미화 3불에서 31불로 10배 상승한 유가 덕분에 생긴 막대한 원유 판매 수입으로 산유국들이 추진한 도로, 항만, 신도시 및 플랜트 건설과 선박, 철도 차량, 중 전기 등 중공업 제품 위주의 수출 시장을 경쟁력 있는 가격과 품질로써 잠식해 들어간 한국의 기업들 때문이다.

하지만 몇 차례에 걸친 유가 파동으로 인한 소비 감소, 대체 에너지 개발, 이란-이라크 전쟁과 아프리카 산유국의 잦은 쿠데타 등 정세 불안으로 중동, 아프리카 시장이 위축되면서 중진국에서 선진국으로 도약하려는 우리에게는 대체 시장과 새로운 상품이 절대적으로 필요했다.

이러한 시점에 13대 노태우 대통령(재임 기간 1988~193년)이 1980년대 말부터 1990년대 초까지 추진한 북방 외교는 공산권 국가들과의 외교 관계 수립은 물론 우리에게 거대한 새로운 수출 시장을 가져다준 천운(天運)의 기회였다. 이 기간 헝가리를 비롯한 동구권 국가들, 옛 소련 연방국들 그리고 여타 공산권 국가들과 새로이 외교 관계를 수립한 나라가 45개국이며 인구는 17억이었다니 세계의 1/3에 해당하는 새로운 시장이 우리 앞에 펼쳐진 것이다. 그중 대표적인 곳을 꼽으라면 단연 1992년 수교한 중국이다. 13억 인구를 가진 중국은 경쟁력을 잃어가던 한국의 중소기업들에는 한동안 새로운 돌파구가 되었으며 대기업들에게도 새로운 생산기지를 제공함과 동시에 거대 소비 시장이 되어 주었다.

이 시기는 중국 내에서도 최고 지도자 등소평의 개혁 개방 정책이 시동을 건 시기여서 더욱 가속도가 붙은 때였다. 이러한 새로운 변화는 지리적 면에서뿐 아니라 품목 면에서도 새로운 여정을 시작했다. 우리가 중진국으로 도약하는데 일등 공신이었던 건설과 중공업 제품에서 반도

체, 휴대 전화, 가전제품, 자동차, 석유화학 제품 등으로 바뀌었다.

이러한 변화는 여타 다른 산업에도 큰 영향을 끼쳤는데 내가 맡고 있던 자동차의 경우만 해도 2만여 개의 부품과 연관된 철강업과 기계 가공업 그리고 최근 그 비중이 날로 높아지는 전자/전장 분야와 타이어, 페인트를 비롯한 석유화학 분야 등이 자동차 산업의 성장과 더불어 동반 성장하였다.

그뿐만 아니라 자동차 산업의 전후 방 연관 산업까지 감안하면 도로 확장 등 건설업, 연료 생산의 정유 산업 및 전국에 산재한 주유소, 그리고 물류 운송업, 보험, 할부금융, 광고, 판매 대리점, A/S 용 정비업소, 중고차 및 렌트카 사업 등등과 모빌리티를 이용한 관광 및 레저 산업 등 연관 산업의 동반 성장이 가져온 부가가치 창출이나 고용 확대 효과 등은 경제 성장의 또 다른 한 축을 담당하였다.

품목의 변화에 이어 수출 형태 또한 한국에서 생산 수출하던 방식에서 현지 생산, 판매 체제로 바뀌었다. 즉 기성복(Ready Made)판매 방식에서 주문형(Tailor Made) 방식으로 전환 그 시장에 맞는 제품을 현지에서 생산, 판매하는 방식으로 전환하였다. 이를 위해 전 세계에 생산 공장을 운영하게 되었으며 이로써 한국형 글로벌 기업들이 탄생하였다. 자동차가 그러하였으며 휴대 전화, 가전제품들이 그러하였다.

1990년부터 이러한 다양한 변화를 통해 환골탈태(換骨奪胎)한 모습으로 선진국을 향한 새로운 여정이 시작되었다.

홍콩(Hong Kong)

– 중국 진출의 교두보

1992년 초 회사에서 홍콩 근무 명령이 났다. 주력 사업이던 컨테이너 사업이 인건비 상승 등 여러 가지 이유로 더 이상 경쟁력이 없자 중국으로 공장 이전을 추진하기 위해 사무실을 새로이 내기로 한 것이다.

홍콩에 사무실을 내는 이유는 당시 우리나라는 중국과의 외교 관계 수립이 안 돼 있었기 때문이다. 막상 중국 시장을 맡게 되다 보니 중국에 대해 아는 것이 별로 없다. 고작 학창 시절 읽은 삼국지 그리고 춘추전국시대 – 진 – 수 – 당 – 원 – 명 – 청으로 이어진 역대 왕조 정도가 전부이다. 특히 중국 공산당 수립 이후에 대해서는 더더욱 깜깜하여 걱정이 앞섰다.

홍콩 중심가 (1993)

서둘러 참고가 될 만한 책을 구해 읽기 시작했다. 최근세사에 대한 책을 찾으려니 우리나라 작가들이 쓴 책은 없기에 주로 외국으로 망명한 중국 작가들의 작품을 접했다. 그때 읽은 책들 중 기억에 남는 것이 영국 요크 대를 유학한 장융(張戎)이 쓴 "대륙의 딸들(원제; Wild Swans - Three daughters of China)"이다. 작가의 외할머니, 어머니, 그리고 작가 자신 3대에 걸친 여인의 삶에 대한 이야기를 통해 청(淸) 왕조의 몰락 - 일제의 침략 - 민족주의 운동의 태동 - 국공 내전(國共 內戰) - 중국 공산당 등장 - 마오쩌둥의 대약진운동 - 문화 대혁명 때까지의 중국 최근세사를 이해하는 데 많은 도움을 받았다.

그리고 1988년 미국에서 출간된 정념(鄭念, Nien Cheng 1915-2009)의 "Life and Death in Shanghai"라는 책도 기억에 남는다. 이 책을 통해 문화 대혁명(1966~1976)기간 중 남편 사망 후 석유회사 쉘(Shell)의 중국 측 중견 파트너로 일한 작가에게 씌워진 간첩 혐의에 대해 6년 반이라는 투옥과 억압의 기나긴 시간을 저항한 이야기를 통해 암울했던 시기를 조금이나마 이해할 수 있었다.

그 외 마오쩌둥 주치의 리즈수이(李志綏)가 쓴 "마오 주석의 사생활(원제; The private life of Chairman Mao)"을 통해 중국 공산당 권부의 숨겨진 이야기를 엿들을 수 있었으며 이는 훗날 중국 근무 시 태자당(太子黨)의 실체를 이해하는 데 많은 도움이 되었다.

또 한가지 빼놓을 수 없는 책이 덩샤오핑(鄧小平, 1904-1997)의 전기들이다. 시장 경제 도입과 개혁 개방 정책 설계자의 전기(傳記)를 통해 국가 지도자란 어떠해야 하는지 다시금 생각하게 한 책들이다.

문학 서적으로는 루쉰(魯 迅 1881~1936)이나 베이징대 학장을 지낸 후스(胡適, 1891-1962) 등 계몽주의 작가들의 작품들을 통해 당시 사회상을 이해해 나갔다.

중국인들의 삶 속에서 엿본 사회주의 잔재

우리는 어느 사회를 이해하는데 소위 대중들의 삶을 주의 깊게 살펴보면 그 사회의 특성이나 제도를 이해하는 데 많은 도움이 되는 경우를 흔히 볼 수 있다.

중국이 사회주의 체제를 유지한 채 경제개방의 길을 걷기 시작한 1980년대 후반 1990년대 초반 내가 경험한 중국인들의 삶 속에 숨겨진 몇몇 사회주의 잔재들은 아직도 선명히 뇌리에 남아있다.

중국 내 도시들을 다니다 보면 도시와 도시 간 고속도로로 연결되어 있는데 고속도로 톨게이트를 지나다 보면 통행료를 징수하는 직원이 있고 연이어 통행료 영수증 반을 회수하는 직원이 나란히 앉아 있는 광경을 흔히 목격하게 된다. 꼭 그렇게 해야만 할까 의문이 드는 장면이다. 나중에 알았지만 국가가 인민들의 일자리를 마련해 주어야 하는 사회주의의 특성으로 일자리 창출을 위한 대책 중 하나로 톨게이트에 두 명씩 앉혀 놓은 것이다.

또 다른 특이한 점은 외국인과 내국인이 쓰는 화폐가 달랐다. 내국인들은 지금처럼 인민 폐(人民 幣)를 사용하고, 외국인들은 외환 권(外換券, FEC – Foreign Exchange Certificate)만을 사용토록 하였다. 미화(美貨) 1불당 교환 비율도 인민 폐는 6.7 정도였으나 외환 권은 3.7이었다. 이런 내, 외국인 간 차별적 화폐제도는 기존 국내 물가에 정부 지원금이 포함되어 있기 때문에 외국인이 국내 물건을 구매할 때 제값 내고 구매하도록 유도하기 위한 것이라는 이유 때문이다.

그리고 대도시 외국인 호텔 인근에는 우의 상점(友誼 商店)이라는 외국인 전용 상점이 있어 초콜릿 등 수입 물품을 외환 권만을 사용 이용할 수 있었다. 옛날 우리나라의 미군 PX를 생각나게 하는 곳이다.

그뿐 아니라 중국 국영 기업 사장과 지방 출장을 같이 다니다 보면 다른 도시에 갈 때는 으레 소개신(介紹信)이라는 것을 들고 간다. 소개신이란 '이런 사람이 언제부터 언제까지 무슨 목적으로 어디를 가는데 해당 부서에서 편의를 제공해 달라'는 일종의 사실 증명서로써 이 소개 신이 있어야 숙박을 하거나 비행기, 기차표를 구매할 수 있었다. 타 지역으로의 이동이 자유롭지 않던 시절 소개 신은 일종의 여행 허가증 역할을 했던 것이다. 그리고 같이 출장 간 국영 기업 사장과 운전기사가 같은 방에서 같이 자는 것을 보고 놀랐다. 만인이 평등하다는 사회주의 특성 때문일까? 아님 문화 대 혁명 기간 중 습득한 학습 효과 때문일까?

흔히들 자가용 차 속에는 운전석 백미러에 모택동 사진을 걸어 놓았다. 그리고 어떤 차에는 대시 보드에 계급장이 없는 군인 모자를 잘 보이도록 걸쳐 놓았다. 대부분 군 계통이나 권력 기관차라는 것을 은연중 나타내 함부로 건드리지 말라는 무언의 압력을 행사하는 것이다. 실제 효과가 있으니 많은 차들이 그렇게들 하지 않았겠나 싶다.

중국 입성기

– 중국을 이기는 길

1992년 홍콩에 사무실을 차린 후 중국 남부 광동성(廣東 省) 일대 여러 도시들을 찾아다녔다. 이때의 상황을 기술해 한 시민 단체에 기고한 나의 글 하나를 여기 덧붙인다.

중국(中國)을 이기는 길

.... 오늘은 중국을 이기는 길에 대해 같이 생각을 나누고자 합니다. 우선 중국의 개방화 초기 시절 이야기를 하겠습니다.

90년대 초 제가 몸담고 있던 회사의 주력 사업이 가격 경쟁력을 잃어 중국으로 공장 이전을 추진하였습니다.

92년 초 중국과의 수교 전이라 홍콩에 사무실을 개설하고 중국을 드나들기 시작하였습니다. 주로 중국 남부 지역 광동성(廣東省)의 주요 도시들을 찾아다녔습니다. 그곳이 등소평의 남순 강화(南巡 講話)로 중국 내에서 제일 먼저 개방화됐기 때문입니다.

남순 강화란 1992년 1월 말부터 2월 초까지 등소평이 천안문 사태 후 중국 공산당 지도부의 보수, 수구적 회귀 분위기를 타파하기 위해 심천, 주해 등 남방 경제특구(經濟特區)를 순시하면서 개혁 개방 확대를 주장한 담화(談話)로서 80년대부터 주창한 그의 유명한 흑묘백묘론(黑猫白猫論)을 통해 중국 특유의 사회주의 시장 경제론을 설파한 사건입니다.

당시 울산 공장의 생산 설비를 중국으로 이전하여 생산할 곳을 찾기 위해 광동 성 내 중산(中山), 순덕(順德), 주해(珠海), 동관(東冠), 강문(江門) 등 주요 도시를 방문할 때마다 겪은 경험을 말씀드리겠습니다.

홍콩에서 배를 타고 짧게는 한 시간 길게는 한 시간 반을 달려 지방 도시에 닿으면 시장(市長)을 비롯, 고위 공무원들이 마중을 나옵니다. 그리고는 경호차를 앞세워 사이렌을 요란하게 울리며 호텔로 향합니다. 호텔 체크인이 끝나면 식당으로 우르르 몰려가 술판이 벌어집니다. 52도짜리 빠이주(白酒)를 권하며 여기저기 친구라는 의미의 '펑요(朋友)'를 외쳐 댑니다.

대낮부터 두어 시간 넘는 거나한 점심을 끝내고 나면 오느라 피곤할 터이니 쉬고 저녁에 만나자 하고들 사라집니다.

저녁 5시가 조금 지나면 외사판공처(外事辦公處; 외국 업무를 담당하는 정부 기구) 주임이 호텔로 찾아와 잘 쉬었느냐 인사를 하며 차에 태워 어디론가 데리고 갑니다. 때론 시(市) 정부에서 운영하는 식당일 때도 있고, 때론 그 지방의 제일 크고 멋진 식당으로 데리고 갑니다.

식당에는 벌써 두 테이블 20여 명의 사람들이 이미 도착하여 저를 기다리고 있습니다. 시 당서기가 자리를 권하고 앉으면 점심에 이어 두 번째 만남이니 이번에는 호칭이 바뀌어 오랜 친구라는 뜻의 '라오팡요(老朋友)'로 부릅니다.

요란한 저녁 식사가 끝나면 오늘은 피곤할 터이니 푹 쉬고 내일 만나자는 말을 남기고는 헤어집니다. 첫날은 으레 그런 식으로 끝이 납니다.

다음 날 10시경 되면 외사판공처(外事辦公處) 직원이 호텔로 와 저를 데리고 시 정부 청사로 향합니다. 시청 회의실에는 고위 간부 20여 명이 미리 와 기다리다 회의를 시작합니다.

대부분 시장(市長)이 중앙 정부의 고위 관료가 왔을 때 쓰는 브

리핑 차트를 가지고 소개를 하기 시작합니다. 소개할 때 서두(序頭)에는 예외 없이

"등소평 동지께서 남순 강화를 통해 개혁 개방을 강조하셨는바 우리 시에서도 등소평 동지의 뜻에 따라……."

판에 박힌 이야기를 서두로 이곳 행정 구역은 어떠하고, 면적이 얼마이며, 인구는 얼마고, 앞으로 이곳에는 고속도로가 뚫리고 이곳에는 철도가 생긴다는 등 도시 개발 계획을 장황하게 설명하는 것으로 브리핑은 끝이 납니다.

제가 출장 간 목적은 한국의 공장을 이전하기 위해 공장 부지를 찾고 있으니 그 지역에서 추천할 만한 곳을 가지고 전력 사정, 용수 설비, 인력 수급이나 물류 상황들 그리고 중요한 세제(稅制) 혜택 등 인센티브(Incentives)를 파악하고 협의해야 하는데 그런 필요한 내용은 없이 그저 시(市) 현황만 듣고 끝난 것입니다. 그리고 오후에는 그 지방 명소(名所)라는 곳을 소개합니다.

둘째 날도 그렇게 끝이 나고 맙니다. 3일째 되는 날 부시장(副市長)과 외사 판공 처 주임이 지도(地圖)한 장을 들고 호텔로 와 저를 태우고 시(市) 곳곳을 다니며 여기에 도로가 생기며 여기에는 향촌(鄕村) 기업이 들어설 것이며, 이곳에는 철도가 생긴다고 허허벌판을 손가락으로 가리키며 장황하게 설명을 하며 누비고 다닙니다.

예정된 3일간의 출장 일정이 아무런 소득 없이 끝나고 돌아와 본사에 보고를 하려니 보고할 내용이 없습니다.

다른 도시에 가도 위에 설명한 일정과 별 차이 없이 두어 달을 그렇게 보내고 나니 본사에서도 인내(忍耐)의 한계를 느꼈는지 짜증을 내기 시작합니다. 일의 진전이 없으니 그럴 만도 하죠.

중국 사람들이 왜 그러는지 아는 데에는 그리 오랜 시간이 필요 없었습니다.

중앙 정부에서 외자 유치를 최우선 정책으로 추진하다 보니 외국인 투자 유치는 해야겠고, 외자 유치 실적이 인사 고과에 반영이 되니 열심히 할 수밖에……. 지방 정부 공무원들이 외국인만 오면 경호차를 앞세워 시내를 요란하게 다니는 것도 주민들에게 당 서기, 시장이 외자 유치를 위해 열심히 일한다는 것을 알리기 위해 요란을 떤 것이며, 그 지방 제일 큰 식당에서 왁자지껄하게 식사를 한 것도 주민들에게 소문을 내는데 최적의 장소를 택했다는 것임을 그제서야 알게 되었습니다.

그런데 지금껏 사회주의 체제에서 중앙 정부에서 내려온 지시나 열심히 실행하고 그 결과만 보고 하던 사람들이, 그리고 정부에서 할당해준 물자나 분배해 주던 사람들이 비즈니스 상담을 해 본 적이 없으니 외국 손님이 오면 요란하게 소란을 피우면서 자기네 인민들에게 열심히 일한다는 것을 선전할 준 알아도 정작 외국인과 상담하는 것은 두려워한 것입니다. 그러니 술판이나 벌이고 팡요 팡요만 외칠 수밖에 없었던 것입니다.

한 참이 지나서야 중국도 토지 공(公)개념의 국가로서 공장을 설립하려면 정부로부터 30년이든 50년이든 토지 사용 허가를 받아야 한다는 것을 알았습니다. 본사에서는 '왜 땅을 돈을 주고 사야지 30~50년 사용 허가만 받으면 그 후에는 어떻게 하라는 것이냐' 부터 시작하여 이곳저곳에서 사회주의 제도와 법 그리고 본사 경영층의 자본주의적 사고방식 틈바구니에서 진땀을 흘려야 했습니다.

이 문제는 모든 토지의 최종 소유권은 왕실(The Crown)이 가지고 있는 영국도 토지를 임차(Leasehold)해서 쓰는 나라로 아편 전쟁 후 홍콩 땅, 정확히 말하면 신계(新界 New Territory) 지역을 99년(75년+24년)간 조차(租借)하는 조건으로 계약을 체결하였다고 남의 나라 역사까지 들추어 설명을 해가며 겨우 이해를 시켰습니다.

지금까지 장황하게 중국의 개방화 초기 상황을 설명한 것은 불과 30년 전의 중국을 조금이나마 이해하는 데 도움이 되었으면 하는 바람 때문입니다.

30년이 지난 지금 중국의 상황은 어떠한가요?

제조업 전 분야에서 세계의 공장을 자처하며 싼 가격에 물건을 쏟아내고 있으니 놀라지 않을 수 없습니다. "중국 제조 2025"라는 구호를 내걸고 2025년에는 중국이 첨단 산업을 비롯, 제조업 강국으로 도약한다는 야심 찬 목표를 세워 놓고 있습니다. 그렇지, 그들이 누구입니까? 유명한 화상(華商)의 후예들 아닌가요? 잠자던 장사꾼의 DNA가 살아난 것입니다.

삼성 휴대폰이 중국 시장에서 시장 점유율 1% 이하로 추락하는 수모를 당하고, 현대 차는 그 정도 수준의 차는 30% 이상 싼 가격에 생산할 중국 토종 기업들이 수두룩하다며 가격을 낮추라고 윽박지르니 위에 설명한 30년 전 중국 개방화 초기를 경험한 사람으로서 놀라지 않을 수 없습니다.

한국의 대표 선수급 기업인 삼성과 현대차가 그러할진대 다른 중소기업들은 불문가지(不問 可知)입니다. 그렇다고 걱정만 하고 있을 수는 없고 방법을 찾아야 하는데 중국의 덩치가 워낙 커져 미국과도 맞장기를 두려 하는 거인(巨人)이 되었으니 이 또한 난망(難望)입니다.

하지만 뜻이 있으면 길은 있기 마련입니다. 운동 시합에서 상대를 이기려면 상대의 약한 부분을 집중 공략해야 하듯이 중국의 약점을 찾아 집요하게 물고 늘어져야 우리에게 승산(勝算)이 있습니다. 이 방법으로 중국 사람들이 자랑하는 고서 삼국지(三國志)에 나오는 허허실실(虛虛實實) 전법을 쓰자 이겁니다.

중국 후스(胡適)라는 작가의 '차부 뚜어 선생'(差不多 先生)이라는 단편 소설이 있습니다. 차부 뚜어란 '차이가 별로 없다'라는 의미로 그게 그거다 하는 적당주의(適當主義)를 의미합니다.

소설 속 내용에 주인공인 차부 뚜어 선생은 따지기를 싫어합니다. 세상만사가 그게 그거인데 따지면서 살아갈 필요가 있느냐고 주장합니다. 백(白)설탕을 사 오라면 황(黃)설탕을 사와 설탕이 단 것이면 되지 구태여 희고 누른 것을 가릴 필요가 있느냐 반문하고, 또한 회계 장부에 십(十)을 천(千)으로 천(千)을 십(十)으로 바꾸어 적어놓고 십이나 천이나 획 하나 차이인데 뭘 그리 까다롭게 구느냐는 것입니다. 마침내 차부 뚜어 선생이 중병에 걸려 하인에게 의사를 불러오라 하니 하인은 수의사(獸醫師)를 불러왔습니다. 수의사도 의사이니 그게 그거 아니냐는 것이죠. 차부 뚜어 선생은 결국 죽으면서 '죽는 것과 사는 것도 차부 뚜어 아닌가' 하며 이야기는 끝이 납니다.

이는 중국인들의 적당주의를 비판한 소설로서 루쉰(魯迅)의 아Q정전(阿Q正傳)과 더불어 계몽주의 대표적 작품으로 알려져 있습니다.

제가 중국의 단편 소설을 이야기한 이유는 우리나라도 소설 속 적당주의(適當 主義)가 현실 속에서 판을 치고 있어 중국과 차뿌 뚜어이기 때문입니다. 주위에서 심심치 않게 들려오는 대형 사고도 결국은 적당주의의 산물(産物)입니다. 괜찮겠지 하는 안일주의(安逸 主義), 전문성 없이 그저 아마추어식 일 처리, 좋은 게 좋다는 무 원칙(無 原則)주의 등이 중국과 빼닮은 모습입니다.

우리가 중국을 이기려면 중국이 부족한 부분을 우리가 가지고 있어야 이길 수 있습니다. 그것은 바로 중국과 우리가 같이 가지고 있는 적당주의 즉 차뿌 뚜어 정신을 우리가 먼저 버리고 원칙주의, 전문성, 정확성 등 기본에 충실하는 일입니다.

중국은 화상(華商)이라 하여 세계적으로 유명한 유대 상인, 아랍 상인과 더불어 3대 상인(商人) 중 하나입니다. 우리는 지금 30년 전 개방화 초기의 사회주의에 물든 중국인들은 물러가고 옛 화상의 DNA를 찾은 젊은 중국인들과 경쟁을 하고 있습니다.

하지만 우리도 화상 못지않은 개성상인의 후예들입니다. 송상(松商)이라는 별칭으로도 불리며 중국, 일본을 포함 멀리 아라비아와의 국제 상거래에도 이름을 떨치며 복식부기(複式簿記)를 창안해 사용할 정도로 계산이 바르고 시변제(時邊制)라 하는 신용을 바탕으로 한 금융 거래를 한 개성상인들 말입니다.

우리가 중국을 이기려면 차뿌 뚜어 식 적당주의를 버리고 계산이 바르고 신용을 으뜸 삼는 개성상인의 정신을 살릴 때 중국을 이길 수 있을 것입니다.

그리고 또 하나 비장의 카드가 있습니다. 중국에서 사업을 하는 분들은 귀에 못이 박이도록 듣는 말이 있습니다. "꽌시"라는 말입니다. 꽌시란 관계(關係)를 뜻하는 말로 중국에서 사업에 성공하려면 인간관계를 활용하라는 뜻입니다.

외국인, 내국인, 친구, 고향 사람 등 사람과의 관계에 따라 같은 물건이라도 값을 달리 부르는 중국인들이니 틀린 말은 아닙니다. 꽌시에 따라 가격이 달라지고 의사 결정이 달라지는 인치(人治)의 세상이 중국입니다. 시장이 왜곡된 곳입니다. 이러한 상(商)관습은 국제 표준에도 맞지 않고 옛날 비단 장사 왕 서방이 장사하던 시절때나 가능했던 일입니다. 이런 중국을 이기는 길은 우리는 공정한 시장을 만들고 정의로운 법치(法治)로 대항을 하면 국제 경쟁에서 이길 수 있습니다.

제가 중국의 약점(弱點)을 알려 드렸으니 허허실실 전법으로 꼭 이기시길 바랍니다.

"네? 그게 되겠느냐고요?"

"이봐, 해 봤어? 길이 없으면 길을 찾아야 하고, 찾아도 없으면 길을 닦아야지."

옛 현대그룹 고 정주영 명예회장의 말입니다.

ccsj 2018/10/31

중국 광동 성 허탕이라는 곳에 기존의 컨테이너 공장 한 곳이 있었다. 중국 기전설비 유한공사(中國 機電設備 有限公司, GDME)가 세운 공장이다. 이 공장과 합자 회사를 설립 중국 남부 지역을 맡게 하였으며 그 외 상해(上海)와 청도(靑島)에 각각 공장을 설립 울산 공장의 생산 설비를 이전하였다.

1997년 홍콩이 중국에 반환되던 해 본사로 귀임해 중국 사업 본부를 설립했다. 이제 중국과의 외교 관계도 수립되었으니 13억 중국 시장이야 말로 우리의 미래 먹거리임에 틀림이 없다.

컨테이너 사업은 중국 현지 공장에 맡기고 당시 생산 중이던 사륜구동 지프 차 "갤로파" 사업에 주력하며 이를 계기로 중국 자동차 시장에 대해 공부하기 시작했다.

세상 모든 일에는 잘 나가다 위기가 찾아오고 호사다마(好事多魔)라고 좋은 일에는 귀신이 낀다고 하였는데 중진국에서 막 벗어나 다음 단계인 선진국으로 도약하려는 때에 나라에 큰 위기가 찾아왔다.

1997년 말 소위 외화 부족 사태로 IMF에 긴급 지원 요청을 하게 되었다. 금융권이 매일 요동을 쳤다. 금리가 20% 넘게 치솟고, 환율은 미화 1불당 800원에서 2,000원을 넘어섰다. 말 그대로 국가가 부도가 난 것이며 금융계가 대혼란에 빠진 것이다. 각 기업에서는 허리띠를 졸라매며 버티느라 연일 북새통이다.

1998년 집권한 김대중 정부는 정부 출범과 동시에 국가 부도 사태 해결을 하느라 선거에서의 승리감은 맛보지도 못하고 연일 구조조정에, 외환 위기 극복을 하느라 여념이 없었다.

대기업은 구조조정을 통해 주력기업은 살리고 부채가 많은 부실기업은 퇴출시키려는 채권은행과 힘겨루기를 하며 버티느라 말 그대로 혼돈과 난리 그 자체였다.

이때 막대한 부채에 시달리던 기아 자동차는 부실기업으로 채권은행단에 의해 새로운 주인을 찾기 위해 입찰에 붙여졌다.

1998년 12월 현대자동차는 기아 자동차를 입찰을 통해 인수하고 정세영 회장과 큰아들 정몽구 회장을 공동 회장으로 선임했다.

기아 자동차 인수 후 나의 소속도 현대정공(현 현대모비스)에서 기아 자동차로 바뀌었다. 현대그룹으로 옮긴 후 네 번째 소속 회사가 바뀌게 되었다. 연초 현대정공(현 현대모비스)에서 중국 지역 본부장으로 발령을 받아 중국시장을 맡은 나의 소속도 현지에서 기아자동차 소속으로 바뀌어 자동차 업무를 맡게 되었다.

왕자의 난

- 현대그룹 후계 경쟁

앞서 설명한 바와 같이 1998년 당시 그룹 밖으로는 새로운 김대중 정부 출범과 동시에 IMF 외환 위기 사태를 맞아 채권은행 단에 의한 부실기업 정리 및 퇴출 문제로 연일 혼란스러웠으며, 그룹 내부에서는 정주영 명예 회장이 생애 마지막 사업으로 추진한 대북 경제 사업과 그룹 후계자 선정 문제로 정몽구(MK) 회장과 정몽헌(MH) 회장 간 치열한 경쟁을 벌이던 때이다.

현대그룹 후계 경쟁 과정에서 세 차례에 걸친 왕자의 난이 일어나 세상을 놀라게 했는데 그중 하나가 2000년 5월 31일 있었던 소위 제2차 왕자의 난으로, 3부자 동반 퇴진 발표였다. 3부자 동반 퇴진이란 현대그룹 창업주 정주영 명예회장, 장남 정몽구(MK) 회장 및 5남 정몽헌(MH) 회장 셋이 모두 경영 일선에서 물러나겠다는 발표다.

그런데 놀라운 사실은 그 날 오후 MH 회장 산하 그룹 구조조정본부의 발표 내용으로 정주영 명예회장이 현대중공업 보유 자동차 지분 6.8%와 장내 매입 2.2%를 합쳐 총 9%의 자동차 주를 매입하였으며 이는 현대건설 보유 지분 2.8%와 합쳐 11.8%의 지분을 확보했다는 발표다.

이는 MK 회장의 자동차 보유 지분 4%와 MK 계열 현대정공의 보유 지분 7.8%를 합친 11.8%와 동일 지분으로 MH 회장이 계열 분리 지분 정리 시 명예회장 보유 지분 11.8%를 장악 자동차 경영권을 확보하려는 계획이라는 해석을 낳게 하였다.

그리고 2000년 6월 28일 정주영 명예회장은 MH 회장을 데리고 방북 원산에서 김정일 위원장을 만나고 귀국한다. 그 날 서울에서는 그룹 구조조정본부가 역 계열 분리안을 발표 MK 회장을 또다시 압박했다. 역 계열 분리란 MK 회장의 자동차 및 계열사 10개사를 현대그룹에 잔류시키고 MH 회장의 나머지 25개 사를 계열 분리하겠다는 내용이다.

이와 같이 정주영 명예회장과 MH 회장이 방북 길에 오르면 MH 회장 휘하의 그룹 구조조정본부에서 자동차 경영권과 관련된 중대 발표를 함으로써 MK 회장을 압박하고 있었다.

그뿐 아니라 현대그룹을 대표해 대북 사업을 맡은 MH 회장 측은 북측에 자동차 사업을 곧 시작할 테니 생산 설비를 들여놓을 수 있도록 준비를 해 달라고 요청을 해 북측은 평양 인근 덕천에 소재한 승리 자동차 공장의 기존 설비를 철거해 비워놓고 있다는 소식도 북측으로부터 후에 전해 들었다.

이처럼 자동차 경영권을 차지하려는 MH 회장 쪽의 집요한 시도는 MK 회장 쪽이 구축한 "아태"와의 비공식 라인을 통해 그리고 2000년 8월 말 공정거래위원회의 자동차 소그룹 분리 발표로 일단락되었다.

북한에 SOS

거슬러 올라가 MK 회장과 MH 회장 간에 북한을 상대로 자동차 경영권 다툼을 벌인 이유는 다음과 같다.

현대그룹을 대표하여 대북 경제 사업을 맡게 된 몽헌(MH) 회장은 1998년 6월 22일 정주영 명예 회장 1차 소 떼 방북 당시 현대그룹을 대표하여 북한 아세아태평양 평화위원회(아태) 측과 서명한 합의서에 명시된 북한에 자동차 생산 공장을 설립 소형 승용차 년 10,000대와 화물차 연 5,000대를 생산한다는 조항을 빌미로 현대그룹을 대표하여 대북 사업을 맡은 MH 회장이 자동차 경영권을 가져야 한다는 대의명분을 세우고 북측과 한국 정부 쪽에 설득할 계획을 세운 때문이다.

이를 눈치챈 MK 회장은 이미 빼앗긴 현대그룹 회장 자리는 물론 자동차 경영권마저 빼앗긴다면 장자로서 도저히 참을 수 없는 수치스러운 일이니 모든 수단과 방법을 동원하여 자동차 경영권을 지키도록 내부 지시를 내린다. 이를 계기로 MK와 MH 간 왕자의 난이 벌어지면서 한동안 세간의 주목을 끌었다.

앞에 설명한 정몽구(MK) 회장과 정몽헌(MH) 회장 간 현대그룹 후계 경쟁 및 자동차 경영권 다툼과 관련하여 MK 회장도 어떻게든 북한의 고위층과 연계를 맺어야 할 절대적 필요가 생겼다. MH 회장이 현대그룹을 대표하여 북측 고위 인사들과의 접촉을 공식적으로 갖는데 반해 MK 회장은 비공식적으로 연계를 맺으려니 방법이 쉽지 않았다.

중국 요령성(遼寧省) 심양(瀋陽)에 사는 당뇨병 치료 전문 한의사 풍세량이라는 사람이 북한 김정일 위원장의 주치의라는 소문에 수차례 찾아가 부탁을 하였으며 MK 회장도 북경으로 달려와 풍세량을 만나 친히 MH 회장이 북측과 서명한 합의서 상의 자동차 사업은 MK 회장 본인이 직접 할 것이라는 내용을 북한 최고위층에 전달해 줄 것을 신신당부하였다. 하나 반년 이상 시간을 끌며 이런 핑계 저런 핑계를 대며 큰소리치던 풍세량에게 속아 넘어가자 MK 회장은 입이 타들어 가는 초조감에 좌불안석이었다.

이런 와중에 북한의 "아태" 북경 대표를 비밀리에 만나 MH 회장과는 별도로 대화 채널을 구축하였다. 이 채널을 통해 "아태" 김용순 위원장 앞으로 서너 차례 MK 회장의 친필 서신을 보내 MK 회장의 뜻을 전하기도 하였으며, 북미 간 접촉의 기회를 마련코자 당시 미국 클린턴 대통령 동생 록 가수 로저 클린턴의 평양 공연을 주선하기도 하였다.

이 시기 즉 1999년부터 2002년 정주영 명예 회장 타계 후까지 4년 동안의 후계 경쟁 내막 및 그 당시 공개되지 않았던 뒷이야기들은 나의 저서 "금지된 고백(2017년 밥북사 간)"에 상세히 서술되어 있다.

인터뷰 | 대북교류 비화 책 펴낸 정진태 전 현대차 중국 총경리

"현대차, 경영권 승계 위해 대북 합작 추진"

1998년 6월 고 정주영 현대그룹 명예회장이 소 500마리를 몰고 판문점을 거쳐 북한으로 향했다. 이후 남북관계는 2000년 6·15 남북정상회담이 열리는 등 한동안 훈풍이 불었다. 당시 현대와 북한 사이 비밀이 정진태(70) 전 현대차그룹 중국 지주회사 총경리가 지난 9월 〈금지된 고백〉을 펴내면서 한꺼풀 벗겨졌다. 그를 지난 12일 만났다.

1999년 빌 클린턴 미국 대통령의 동생인 가수 로저 클린턴의 평양 공연 뒤엔 정몽구 현대차그룹 회장(당시 현대그룹 회장)이 있었다. 정 회장은 북한과 자동차 합작사업도

정진태 전 현대차그룹 중국 지주회사 총경리가 지난 12일 서울 서초구 한 카페에서 책 〈금지된 고백〉에서 밝힌 현대차와 북한의 자동차 합작사업 논의에 대해 이야기하고 있다. 이정우 선임기자 woo@hani.co.kr

'정몽헌 견제' 정몽구 회장 지시로
북 인사와 자동차 합작 등 논의
"북한과 약속 무산돼 안타까워"

추진하기로 약속했다. 정몽구 회장이 대북사업에 애착을 보인 것은 경영권 승계를 위해서였다. 당시 정 회장은 대북사업의 주된 창구인 현대아산을 지휘하는 고 정몽헌 회장(당시 그룹 공동회장)에게 그룹은 물론 자동차 사업까지 빼앗길까 전전긍긍했다. 정몽헌 회장은 1998년 6월 북한과 금강산 종합개발 사업 등이 담긴 합의서에 정주영 명예회장을 대신해 서명했고, 1999년 2월엔 현대아산에 대표회장으로 취임했다. 정진태 전 총경리는 "정주영 회장이 각별히 신경쓰는 경협사업의 주도권을 쥐는 쪽이 그룹 후계자가 되는 분위기였다"고 회고했다.

애가 단 정몽구 회장을 위해 정진태 전 총경리는 따로 북한 쪽에 라인을 만들었다. 중국 베이징에서 북한 아태(조선아세아태평양위원회) 간부들을 만나 친분을 쌓고, 정몽구 회장의 비밀스러운 단독 경협 추진을 도왔다. 북한에서 열린 로저 클린턴 공연에 비용을 대고 계약을 주선한 당사자이기도 하다.

그는 1999년 베이징의 한 일식당에서 처음 만나 2년여간 교류한 아태 쪽 인사에 대해 "사업으로 만났지만 형제의 우의를 느꼈다"며 "훗날 누구라도 대표 선생을 만나면 내가 약속을 지키지 못해 미안하다고 전해줬으면 좋겠다"고 말했다.

'지키지 못한 약속'은 당시 논의된 현대차와 북한 간 자동차 합작사업이다. 정 전 총경리는 "정몽구 회장 지시로 2005년까지 30만대 규모의 자동차 생산설비 공장을 만드는 내용의 사업의향서를 들고 북쪽과 논의를 진행했었다"고 말했다. 정몽구 회장은 경협사업이 자동차 영역으로까지 뻗쳐올 것이 불안해 '자동차는 내가 주도한다'는 내용의 편지를 아태 쪽에 보내기도 했다.

그러던 중 정주영 명예회장이 2001년 세상을 떠나며, 상황은 달라졌다. 정몽구 회장은 김정일 위원장의 조문 사절단에 대한 답례단을 파견할 계획을 세웠다. 정 전 총경리는 "아태에서 나를 포함한 3명에게 초청장도 발급했다"며 책을 펴보였다. 그러나 현대차는 돌연 답례단 파견과 합작사업 모두를 백지화했다. 오히려 〈한겨레〉가 2001년 4월7일 '정몽구 회장 방북 추진' 특종 기사를 낸 뒤 '주가가 급락했다'며 손해배상을 청구하겠다는 격한 반응도 보였다. 정진태 전 총경리는 "정몽구 회장이 서울 본사의 누군가로부터 뭔가 잘못된 보고를 받았을 것"이라며 "진실을 알고 싶다"고 했다. 또 "정주영 명예회장이 그랬듯, 민간에서 활발한 교류가 이뤄져야 남북 관계가 진전될 수 있다"고 조언했다. 최하얀 기자 chy@hani.co.kr

한겨레 신문 인터뷰 (2017)

책을 출간한 2017년 당시만 해도 북한의 대륙간 탄도 미사일 발사로 인해 미국 트럼프 행정부는 북한 수뇌부 참수 작전을 세우는 등 전쟁 일보 직전까지 가는 상황이었다. 그러나 2018년 평창 동계 올림픽을 계기로 남북 간 대화가 열리고 북미 간 정상 회담을 통해 북한의 비핵화에 대한 대화가 이어졌다.

북한의 비핵화 문제는 지난 수십 년간 6자 회담 등 여러 가지 형식으로 최근에는 남북 및 북미 정상 간 대화를 통해 해법을 찾고 있으나 아직껏 이렇다 할 돌파구를 마련하지 못해 안타까운 심정이다.

북한의 핵 실험 및 미사일 발사에 대해 유엔은 경제 제재 조치를 취하고 있으나 설령 제재 조치가 풀린다 해도 여러 가지 난제가 있을 것이다. 다음 글은 북한과의 경제 협력 문제에 대한 나의 생각을 담아 한 시민 단체에 기고한 내용이다.

북한의 경제개방은 미래 먹거리

15년 전 필자가 중국 북경에서 근무하던 때 경험한 일화를 한 가지 소개하며 이야기를 시작하겠습니다.

2003년 현대자동차가 '북경 현대'라는 이름으로 합작회사를 설립해 자동차를 생산하던 어느 날 중국의 싱크 탱크인 중국 사회 과학원으로부터 연락이 왔습니다. 북한의 사회과학원 학자 10여 명이 중국을 방문 중인데 현대자동차 북경 공장을 견학하고 싶으니 허가를 해달라는 것입니다.

흔쾌히 수락을 하고 공장에 안내 준비를 시키면서 모든 안내는 중국 간부들이 앞장서 하도록 하고 한국 간부들은 뒤에 배석만 하도록 하였습니다. 한국 직원이 안내를 하면 혹 거짓 선전용 안내를 하는 것으로 오해할 것 같아서였습니다. 중국 직원의 공장 안내에 이어 점심시간에도 예외 없이 평소대로 줄을 서서 배식 판에 음식을 담아 식사하는 평상시 모습 그대로를 보여주었습니다. 점심 후 회의실에서 자유토론 시간을 가졌습니다. 그 시간에도 중국 임원진들이 토론에 참여토록 하고 한국 파견 직원들은 뒷줄에 자리했습니다.

토론 내용 중 지금껏 제 기억에 남는 것은 한 북한 학자의 질문이었습니다.

“인민을 먹여 살리는 것은 공산당의 령도자이신 수령께서 먹여 살려야지 어떻게 자본가가 인민을 먹여 살립네까?”

질문을 듣는 순간 둔기로 머리를 얻어맞은 듯 충격을 받았습니다. 바로 그 문제를 북한이 아직 풀지 못해 개방화의 길로 나서지 못하는구나 하는 생각이 번득 들었습니다. 인민을 먹여 살리는 주체가 공산당이 아니고 다른 주체로 바뀌면 공산당의 존재는 없어지는 것이고 체제는 무너진다는 논리인 것입니다.

중국인 부 총경리가 답변을 하였습니다.

"중국도 당신이 질문한 것과 똑같은 문제를 가지고 있었다. 중국은 지도자 등소평 동지가 그 문제를 풀어 주었기에 개방화가 가능했었다. 북한도 지도자 동지의 결단에 의해서만이 그 문제를 해결할 수 있다고 본다."

누구나 아시다시피 한반도는 불과 6개월 전만 해도 김정은 참수 작전, 북한정권 붕괴 전략, 경제적 압박에 의한 고사(枯死) 작전 등등 곧 전쟁이 일어날 듯 무시무시한 말들이 오가던 상황이었는데, 지금은 언제 그랬냐는 듯 상상도 할 수 없는 상황으로 바뀌어 전개되고 있습니다. 북한이 핵과 미사일을 포기하고 그 대가로 체제 보장과 평화를 얻겠다고 미국과 협상을 벌이고 있습니다. 성급한 판단인지 모르겠으나 이번에는 북미 간 서로 주고받을 것이 있으니 어느 때 보다 거래(Deal)의 성공 가능성은 높아 보입니다. 위에 소개한 15년 전 북한 사회과학원 학자의 숙제가 풀렸기를 기대해 봅니다.

흔히들 위기가 기회라고 말합니다. 위기가 지나고 기회가 오고 있는지도 모르겠습니다. 하지만 거꾸로 얘기하면 기회는 곧 위기일 수도 있습니다. 위기가 곧 기회이듯이 기회가 곧 위기일 수도 있다는 말입니다.

이제 핵과 미사일 등 군비경쟁(軍備競爭)이 끝나면 한반도에는 경제전쟁(Economic Warfare)이 몰아닥칠 것입니다. 북한의 경제 개방화는 한국을 비롯한 주변국들 특히 중국, 일본, 러시아의 새로운 미래 먹거리로 누구도 놓칠 수 없는 좋은 사냥감이기 때문입니다. 요즘 어느 TV 프로그램에 나오는 것처럼 숟가락 하나씩 들고 "한끼 줍쇼" 하며 밥상에 끼어들 것입니다. 그중 중국은 북한의 맏형 노릇을 하려고 할 것입니다. 특히나 북한의 갑작스런 경제 개방화 조치가 북한 주민들에게 정신적, 문화적으로 매우 큰 충격을 안겨 주고 체제의 불안정으로 이어질 수 있는 문제이니 조심스러울 수밖에 없을 북한 정권에게는 중국이 30년 이상 경험한 체제 안정 속 경제 개방화의 노하우는 매력적인 요소임이 틀림없습니다.

반면 정치, 경제 체제가 다른 남한과는 같은 민족에다 동일 언어를 사용한다는 이유로 준비가 안 된 상태에서 개방하는 것이 리스크가 크다고 북한은 생각할 수 있습니다. 그런 점에서 북한이 누구와 손을 잡고 경제 개방화의 길로 나설지 하는 문제는 우리에게는 매우 중요한 갈림길이 될 것입니다.

여기서 잠깐 우리 경제의 현주소를 솔직히 되짚어 보겠습니다. 신문 지상에 연일 소개되는 한국 경제의 실상들을 볼까요. 한 때 세계 시장을 주름잡았던 섬유, 봉제, 신발, 목재산업 등은 지금은 우리 곁을 떠나 사라져 버린 지 오래입니다. 대우조선과 한국GM 등 영양제 주사를 꽂고 연명해 나가는 병든 기업들도 많습니다. 산업의 경중(輕重)을 마다하고 경쟁력을 상실해가는 한국 제조업의 현실에, 저출산 고령화 고임금 저 생산성 등을 생각하면 어느 것 하나 미래를 먹여 살릴 경제 활력소가 없는 것이 우리의 현실입니다.

이런 현실 속에서 경제 개방화의 길을 걷고자 하는 북한은 우리에게는 기회(機會)의 땅임에 틀림없습니다. 상상하기 싫지만 만에 하나 북한이 중국의 대륙 경제권에 편입된다면 아마도 가까운 미래에 한국은 경제 지도에서 사라질 것이며, 남한의 젊은이들은 일자리를 찾아 북(北)으로 북(北)으로 이민(Job Immigration)을 떠나야 할 때가 올지도 모르겠습니다.

북한은 우리에게 미래 먹거리가 있는 기회의 땅 입니다. 그 땅은 우리가 필요해서 품고 안아야 할 땅인 것입니다. 사라져 가는 남한의 제조업을 이어받을 보완재(補完財) 역할을 할 그 땅은 우리의 필요에 의해 꼭 지켜야 할 땅입니다. 같은 동포여서 그저 퍼주고 먹여 살려야 할 짐스럽고 버림받은 땅이 아닙니다.

곧 닥쳐올지도 모를 한반도 경제 전쟁에서 중국에 이기기 위해서는 북한이 걱정하는 체제안정 속의 경제 발전이라는 숙제는 한미(韓美)가 머리를 맞대고 풀어 주어야 할 숙제입니다. 협상의 대가(大家)를 자처하는 미국 트럼프 대통령이 핵과 미사일 전쟁에서만 이기는 것이 아니라 경제 전쟁에서도 중국에 이기는 진정한 협상의 황제로 등극하길 기대해 봅니다.

여기 옛 현대그룹 정주영 명예 회장께서 소 떼 방북에 이어 경제협력 사업을 추진할 당시 일화를 소개하겠습니다. 정 명예회장은 "남과 북은 같은 언어를 쓰는 것이 장점이면서 한편 걱정스런 부분"이라며 "북측과 상담할 때 웃지 말라"는 지시를 내리셨습니다. 같은 언어를 쓴다고 편하게 이야기하다 보면 농담하거나 시시덕거릴까 걱정하신 것입니다. "사람의 말에는 신의와 권위가 있어야 하는데 가볍게 보이지 않도록 조심해라. 그리고 조금 잘산다고 갑(甲)질하지 말라." 이것이 북측 인사들과 접촉하는 옛 현대 실무자들에게 당부하신 내용입니다.

끝으로 미국의 퍼스트레이디이자 시인(詩人) 이었던 엘리나 루즈벨트 여사의 시 한 구절(句節)을 인용하며 글을 마치겠습니다.

"Yesterday is History. Tomorrow is Mystery. Today is a Gift."

미래는 미지(未知)의 시간입니다. 오늘의 선물을 어떻게 활용하느냐에 미래는 달려 있을 것입니다.

ccsj 2018/05/14

중국 田 青松 화백 “白頭 精氣”

백두산 천지

자동차 중국 시장 진출

1998년 12월 말 기아 자동차 인수 후 자동차 업무를 맡게 되었으나 당시 중국 시장은 수입 자동차에 대해 고율의 관세를 부과하고 연간 제한된 수입 쿼터를 적용 관리하고 있었기 때문에 시장 진입이 매우 어려운 환경이었다.

수입 쿼터를 얻은 수입상들은 독일이나 일본산 유명 브랜드 차를 수입, 고가에 판매하여 이윤을 극대화하려고 하지 브랜드 가치가 떨어지는 기아 차를 얻기 힘든 수입 쿼터를 사용 고율의 관세를 물고 수입하여서는 판매가 불가능하다는 입장이었다.

수입 자동차 시장이 그런 형편이니 방법은 중국 내에 생산 공장을 지어 본격적으로 생산 판매하는 방법을 찾아야 했다. 하나 이 방법도 중국 정부에서 외국 기업의 자동차 사업 투자는 투자 제한 업종으로 분류해 놓아 우리 뜻대로 투자할 수 없게 되어 있었다.

승용차의 중국 내 생산을 위해서는 소위 승용차 목록(目錄, 무루라 발음) 8번을 중국 정부로부터 허가받아야만 했다. 이런 일련의 과정을 본사 경영층에 설명을 하니 목록이 무엇이며, 8번이 무엇인지 도무지 이해를 못 해 "왜" "왜" 하며 묻기만 해 댄다.

정몽구 회장 중국 제 15 기 상무위원 리루이환과 , 북경, 중국 (1999)

우리와는 사회 체제가 다른 곳의 제도에 익숙하지 않았던 나로서는 중간에 끼어 진땀을 많이 흘려야 했다.

중국 업체와 자동차 합자 사업 추진 과정에서 본사 경영층이 이해 못한 주요 부문은

첫째, 목록이 무엇이며 8번은 무엇이냐는 것이며

둘째, 공장 부지를 사야지 왜 30년, 50년 임차하느냐는 것이다.

그리고 세 번째는 중국 측에서 동공동수(同工同酬)라 하여 합자 기업에서 한국인 부장과 중국인 부장은 같은 부장으로 동일한 일을 하니 같은 급여를 주어야 한다는 주장이다. 이에 반해 우리는 같은 부장이라

도 한국인 부장은 한국 본사 기준 급여를 지불해야 하며 중국인 부장은 중국 기업의 부장급 수준 급여를 주어야 한다는 주장이다. 중국 정부에서 자동차의 경우 중국 업체와 외국 업체 간 합자 비율을 50:50으로 묶어 놓아 이런 주장이 나온 것이다.

이런저런 예기치 않았던 문제들이 닥치면서 한중 양측의 차이를 좁히는 것이 결코 쉬운 일은 아니었다.

앞에 설명한 컨테이너 사업 추진 시에는 합자 계약서 서명 직전 중방(中方) 측에서 현대가 해마다 흑자를 내겠다는 보증을 하라고 주장하는 바람에 진땀을 뺐다. 중방 측에서는 현대에 비싼 돈을 내고 기술 제휴를 하고 합자를 하는 것이니 흑자를 내겠다는 보증을 하라는 것이다. 경영성과는 시장 상황에 따라 그리고 여러 요인에 따라 달라지는데 보증을 하라니…….

이에 우리는 프로 축구팀이 감독을 영입하면서 승리를 보증하라고 하느냐? 과외 선생을 초빙하면서 대학 합격을 보증하라고 하느냐? 되물으며 설전을 벌이기도 했다.

중국은 지금이야 개방 정책 덕에 생산과 판매 즉 수요와 공급이 시장에 따라 결정되지만 예전에는 사회주의 국가로서 모든 것은 국가가 관리하는 국영 체제였다. 필요한 물자를 생산, 분배하는 것도 국가가 주도하여 관리를 했다.

이에 중국에서는 생산 공장이나 관리 대상 물품에 관리의 편의상 번호를 부여해 관리하는 것을 쉽게 볼 수 있다. 예컨대 자동차 생산 공장도 장춘(長春)에 제일 먼저 세워진 공장이 제1 기차(第1 汽車), 즉 1번 공장이며 우한(武漢)에 있는 동풍 기차가 두 번째 세워진 2번 공장이다.

국가 관리 품목인 자동차도 마찬가지이다. 사회주의 체제하에서 필요한 모든 물자는 국가가 생산하여 분배한다. 분배를 하려니 이를 수송하기 위해 화물 트럭이 필요했다. 따라서 자동차에서 트럭이 앞에 이야기한 목록 1번이다. 트럭이 여러 대 물자 수송을 위해 움직이다 보니 이를 앞에서 인도할 지휘관용 차가 필요했다. 따라서 지프 차가 목록 2번이다.

이런 식으로 필요에 따라 순번을 매기며 생산을 하다 보니 소위 부르주아들이나 타는 승용차는 맨 꼴찌 번호인 8번이 목록 번호이다. 따라서 승용차 생산을 위해서는 목록 8번 허가를 중국 정부로부터 받아야 가능하다.

그 나라의 사회 체계와 연동하여 쉽게 설명을 해 나가니 그때서야 본사에서 이해하기 시작한다.

토지 임차 관련 문제도 중국은 토지 공 개념 국가로 토지의 소유권은 국가에 있으며 필요할 경우 임차료를 내고 임차해 쓰는 나라이다. 이는 영국도 마찬가지로 다른 나라의 예를 들어가며 이해를 시켰다.

해외 시장 개척이라는 것이 좋은 물건을 경쟁력 있는 가격에 만드는 것이 중요하지만 그 나라의 제도나 관습을 알고 접근하는 것 또한 중요하다. 따라서 내가 영국에 근무할 당시에는 영어나 제법 할 줄 알면 해외 주재원이 될 수 있었으나 1990년대 초반 내가 중국에 있을 때에는 소위 지역 전문가를 파견하는 것으로 바뀌었다. 아마추어에서 프로로 바뀐 것이다.

기아차 신차 발표회, 장춘, 중국 (2001)

이런저런 우여곡절 끝에 2000년 기아 자동차가 강소성(江蘇省) 염성(鹽成)이라는 곳에 "열달 기아 기차"라는 합자 회사를 설립, 중국 시장에 진출하였으며 뒤이어 2002년 10월 18일 현대자동차는 중국 북경 기차 집단과 합자 기업 "북경 현대 기차"를 북경시 순이 구에 설립 현대, 기아 양사 모두 중국 시장에 뿌리를 내렸다.

현대자동차가 북경에 합자 공장 설립 당시 2002년 10월 18일 중국 중앙 정부로부터 합자 승인을 얻은 후 두 달 만인 2002년 12월 23일 "엘란트라" 1호 차를 생산 출시하여 중국인들을 놀라게 했다. 이때 "현대속도"라는 유행어가 만들어졌다. 또 다른 기록은 합자 기업 출범 1년 만인 2003년 첫해 5만 대 생산에 미화 2,500만 불의 흑자를 기록 본사 경영층을 놀라게 하였다.

중국 시장의 성공적 진출에 자신감을 얻었는지 현대 차는 그 후로 미국 앨라배마에 현지 생산 공장을 설립하고 연이어 체코, 터키, 인도, 러시아 및 브라질에까지 현지 생산 공장을 설립, 종전 한국에서 생산 수출하던 체제에서 해외 현지생산 체제로 전환 세계 5대 글로벌 자동차 기업으로 발돋움하였다.

이런 일련의 과정들이 종전 기성품 상품 수출 시장에서 현지 생산을 통한 맞춤형 수출 시장 형태로 전환되면서 시장 확대에 큰 기여를 하였다.

북경 현대 생산 "엘란트라" 1 호차, 북경, 중국 (2002)

공포의 사스(SARS)

내가 이 책의 초안을 쓰고 있을 때 중국에서 '우한 폐렴'이라는 신종 전염병이 발병하여 뉴스의 머리기사로 연일 보도되고 있다.

2003년 중국에서 사스(SARS – 중증 급성 호흡기 증후군)라는 1급 전염병을 경험한 나로서는 신종 바이러스의 등장에 민감할 수밖에 없다.

2002년 11월 중국 남부 광동성(廣東省)에서 처음 발병하여 홍콩을 통해 전 세계로 확산된 사 스(SARS)는 처음에는 '네 발 달린 것은 책상다리를 빼고, 날아다니는 것은 비행기 날개만 빼고 다 먹는다'는 우스갯소리가 있을 정도로 다양한 음식 문화를 가진 지역이라 그 지역에서 이미 유명해진 홍콩 독감이나 조류 인플루엔자 정도로 생각했는데 나중에는 치사율 10%에 육박하는 신종 바이러스임이 밝혀져 세상을 놀라게 한 전염병이다.

2002년 겨울 발생하여 2003년 7월까지 중국 전역을 공포의 도가니로 몰아넣을 당시 현장에서 이를 직접 목격한 나는 14세기 중엽 유럽 전역에서 유행한 페스트 즉 흑사병을 떠올리며 불안해했다.

당시 북경 거리는 마치 죽음의 도시와 같았으며 시내 곳곳에서는 체온 감지기를 발사 열이 있으면 현장에서 마치 범죄인처럼 체포되어 어디론가 데려가 격리 수용되곤 하였다. 대부분의 외국인들은 본국 지시에 따라 철수하였으나 당시 북경에 합작 공장을 운영하던 현대 차는 한국 김치가 사스(SARS) 예방에 효능이 있다는 소문에 공장 전 직원에게 김치를 제공하며 끝까지 버티는 용맹함(?)을 보여 중국인들로부터 칭송을 받기도 하였다.

본사에서 주재원 가족들은 철수시키라는 지시가 떨어져 가족들만 귀국하여 강원도의 한 콘도에 집단 수용되어 2주간 격리된 후 풀려났다.

살아가면서 질병에 걸리는 것은 누구나 겪는 일인데 그중 풍토병이나 알 수 없는 전염병에 걸릴 경우는 매우 당황스럽다.

아프리카 체류 중에는 말라리아에 대한 공포가 있었다. 예방책이란 매일 알약 한 일씩 먹는 것이다. 한데 그 약을 먹고 나면 속이 더부룩하고 소화가 잘 안 된다. 한동안 괜찮겠지 하며 복용을 중단하다 영국 친구의 강력한 권유로 억지로 먹었던 기억이 난다. 그리고 풍토병에 걸렸을 때는 그 지역 풍토병에 대한 임상 경험이 많은 현지 의사에게 치료를 받는 것이 좋다는 충고도 받았다. 참고할 만한 조언이다.

지금껏 내가 접한 새로운 전염병으로 기억되는 것은 앞서 이야기한 2003년 중국에서의 사스(SARS), 2015년 한국에 전염된 메르스

(MERS), 그리고 2020년 우한 폐렴(武漢 肺炎) 코로나-19(Corona-19) 이다.

그중 2012년 사우디아라비아에서 처음 발병되어 3년 뒤인 2015년 한국에 첫 환자가 발생한 메르스(MERS) 사태 당시 중동에서 시작된 질병에 대해 정보가 부족했던 정부 보건 당국이 예방책으로 낙타 고기를 먹지 말라고 발표를 하자 낙타 고기를 먹는지도 모르고 접하기도 어려운 많은 국민들이 그것도 예방책이냐며 코웃음을 치는 촌극이 벌어지기도 하였다.

온 세계가 이웃집처럼 가까워 지면서 교류가 빈번해지자 이에 따른 많은 문제점도 일어나고 있다. 뿐만 아니라 대기 수질 오염, 기후 환경 변화, 소음 공해 등은 우리가 최빈국에서 선진국으로 달려오면서 일으킨 문제들이나 완전히 해결하지 못하고 후세에 짐으로 남겨주게 되었다.

역사에 기록된 인류 대 재앙이 재현되지 않도록 우리가 사는 지구를 깨끗이 관리해 나가며 살기를 후손들에게 바란다.

중국 지주회사 사장 취임 및 해고

자동차 경영권 확보와 앞에 설명한 2002년 현대/기아 차 중국 현지 합자 회사 설립으로 중국에서 안정적이고 본격적인 자동차 사업을 시작할 수 있게 되었다. 현대/기아 차가 중국 현지에서 생산을 시작하자 자동차 모듈을 생산하는 현대모비스, 철판을 공급하는 현대하이스코(현 현대제철), 물류를 담당하는 현대글로비스, 금융의 현대캐피털 등등, 많은 계열사들 그리고 많은 부품 공급 협력 업체들이 앞다퉈 중국 진출을 하기 시작하였다.

중국 사업이 본격화되고 계열사들의 중국 진출이 본격화되자 그룹 차원에서 종합적 관리를 할 필요가 생겼다. 나는 "중국 사업 조정 담당"이라는 직책을 부여받고 현대자동차 그룹 중국 사업을 총괄하기 시작했다. 이 조직은 그 후 "현대자동차 그룹 중국 지주회사"라는 독립 법인을 설립, 현대차 그룹의 중국 사업을 현지에서 총괄 지휘하는 조직으로 확대되고 내가 총 경리(사장)를 맡아 모든 업무는 MK 회장에게 직접 보고하게 되었다.

이러한 와중에 사달이 벌어졌다.

회사 내에는 중국 사업 관련하여 대만 화교 한 사람이 고문으로 영입돼 있었다. 서울 명동 옛 중앙전화국 건물 맞은편에서 'K반점'이라는 중국 식당을 하는 사람이다. 만나는 사람마다 MK 회장의 30년 친구라고 자랑삼아 이야기하고 다니며 전에 MK 회장이 대북 사업 주도권을 MH 회장에게 빼앗기고 자동차 경영권까지 위협받을 때 중국의 한의사이며 자칭 북한 김정일 위원장 주치의라고 큰소리치던 풍세량이라는 사람과 대북 사업을 전개하다 실패한 H 고문이다.

그 후 북한의 "아태"와 접촉하는 과정에서 북측에 건네질 돈 가운데 배달 사고로 의심되는 큰 금액의 내막을 내가 알고 있자 나를 견제하기 시작했다. 아마 그 내용이 MK 회장에게 보고될까 불안했던 모양이다. 이후 나에겐 불길한 예감이 계속 찾아 왔다.

2004년 11월 23일 아내의 생일 날이다. 전날 본사에서 귀국하라는 명령이 있어 가 보니 사표를 내라는 것이다. 아내 생일 날 사표를 쓰고 현대를 떠났다.

주위에서 대북 송금 건을 이슈화하지 왜 침묵하느냐는 말을 많이 들었다. 사실 고민도 많이 했다. 이슈화하면 MK 회장 이야기가 안 나올 수 없다. 그분이 무슨 죄가 있나? 동생과 그룹 후계자 자리를 두고 다툰 것도 창피스러운 이야기인데 자동차 경영권마저 빼앗길 수는 없어 체면 불고하고 친구라는 사람에게 부탁을 한 것인데…….

30년 친구라고 떠벌리고 다니면서 친구 집에 불이 났는데 불 끌 생각은 하지 않고 친구 집 세간살이나 챙기려 했다면 그 사람이 나쁜 사람이지…….

2017년 책 "금지된 고백"이라는 제목으로 책을 출간하면서 자세한 내용을 세상에 알렸다.

책을 출간한 이유는 2001년 정주영 명예회장 장례 시 북한 김정일 위원장이 조문단을 파견한 데 대해 장자(長子)인 MK 회장이 답례 단을 파견하겠다 하여 "아태" 북경 대표는 이를 북한 최고위층에 보고하고 MK 측에서 답례 단으로 통보한 3인에 대해 초청장을 발급하였다.

이는 남북 경제 협력에 기여한 정주영 명예회장의 마지막 가는 길에 대한 북한 최고 지도자의 예우였으며 장자인 MK 회장의 답례 단 파견 결정 또한 집안의 큰 어른으로서 당연한 일이었다.

그런데 한겨레 신문 보도 후 갑자기 약속을 파기 "아태" 북경 대표가 허위 보고한 것이 되었다. 이후 "아태" 북경 대표가 본국으로 송환 명령을 받고 귀국 전 나와 북경 천안문 인근 차 집에서 마지막 만났을 때 대표 선생의 초조한 모습을 아직도 생생히 기억한다. 답례 단 파견 제안 당시 MK가 약속한 것을 이행해 자신의 누명을 벗겨줬으면 하는 간절한 눈빛…….

책을 출간하면서 자세한 내용을 밝혔다. 대표 선생의 누명이 벗겨졌으면 하는 바람으로 책을 출간한 것이다.

삶 속에서 지켜야 할 중요한 것

인생을 살아나가면서 여러 가지 중요한 일들이 많이 있다. 그중 어떻게 사는 것이 중요한지 꼽아 보자면 정직하게 사는 것, 남에게 폐 끼치지 않고 사는 것, 남을 도와 가며 사는 것 등등 좋은 소리 모두 모아도 부족할 것이다. 그중 후손들에게 바라는 살아가면서 꼭 지켰으면 하는 것은 "신뢰 즉 신용을 잃지 말라"는 것이 나의 바람이다.

앞에 소개한 나의 삶에 교훈을 준 엘리나 루즈벨트 여사의 글 중에도

He, who loses money, lose much
He, who loses friend, lose much more
He, who loses faith, loses all.

돈을 잃은 사람은 많은 것을 잃는 것이며,
친구를 잃은 사람은 더 많은 것을 잃는 것이며,
신의를 잃는 사람은 모든 것을 잃은 것입니다.

라고 하였다. 살아가면서 한번 신용을 잃으면 다른 사람들이 더 이상

상대를 하지 않는다. 한번 잃은 신용을 되찾으려면 처음 신용을 얻을 때보다 수십 배 수백 배의 노력이 필요하다. 더불어 살아가는 공동체 사회에서 한 사람이 다른 사람을 속이기 시작하면 다른 사람은 또 다른 사람을 속이게 되고 그 공동체는 서로 불신에 쌓여 무너지고 만다.

전에 한 시민 단체에 기고한 글이 생각난다. 전래 동화 토끼와 거북이의 이야기를 가지고 신용에 대한 나의 생각을 쓴 글이다.

신용이 건네준 선물

흥부는 욕심 없는 착한 인물의 대명사처럼 우리 뇌리에 각인되어 있습니다. 소위 법(法) 없이도 살 사람이란 표현에 딱 맞는 인물입니다. 나쁜 짓은 절대 안 할 사람입니다.

그리도 착한 흥부는 왜 식구들 먹여 살리기도 힘들 정도로 가난했으며, 착하기만 했지 무능한 가장(家長)이었을까요? 아마 요즘 같으면 이혼당하기 십상인 인물이었을지도 모르겠습니다. 법 없이 살 사람은 무능력(無能力)한가요? 요즘 가끔 법 없이 살 사람 착한 사람은 무능력자란 생각이 들 때가 종종 있습니다. 목소리 큰 사람이 이기고 떼 법이 실정법보다 더 위력이 있을 때가 종종 있으니 더더욱 그런 생각이 듭니다.

자기 이익을 위해서는 양심이나, 체면이나, 도덕 나아가 법도 무시하며 팔 걷고 나서서 쟁취해야 유능하고 똑똑한 사람이라니 흥부는 설 자리가 없고 매번 뒷전으로 밀려 굶어 죽기 십상입니다. 제비의 박 씨를 얻기 위해 제비 다리를 부러뜨리고 치료를 해 병 주고 약을 준 놀부가 부자였으니 지금이나 그때나 세상은 불공평했나 봅니다.

우리 속담에 "말하는 남생이"라는 말이 있습니다. 바닷속 용왕의 병을 치료하기 위해 토끼를 속여 생간을 빼려다 토끼의 재치로 토끼가 살아 도망쳐 나온 전래 동화 "별주부전(鼈主簿傳)"에서 유래한 말입니다. '거짓말하는 인간'을 거북이에 비유해 표현한 말입니다. 우리가 어렸을 때 이 전래 동화를 읽으면서 죽을 뻔한 토끼가 기지를 발휘하여 도망쳐 나올 때 내 일처럼 기뻐 손뼉치고 멀리멀리 도망쳐 안전하기를 조마조마한 마음으로 두 손 모아 빌었습니다. 용왕을 살리려고 남의 생명을 빼앗아도 되는지, 거북이가 용왕에게 효도하겠다고 남의 생명도 속임수를 써가며 빼앗아도 되는지 등등 거북이의 잘못에 대해서는 아무도 신경을 안 쓰고 그저 토끼의 재치에만 열광하였습니다.

동물 세계의 동화를 통해 남의 말을 믿지 말고 위험에 처하면 스스로 재치를 발휘해 살아남으라는 것만 가르친 것 같습니다. 눈 깜짝할 새 코 베어 가는 세상에서 살아남는 재치, 기술, 기지

(Tact)만 가르쳤지 남을 속이지 말라는 원칙(Principle)은 어디에도 없습니다.

"네? 원칙만 이야기하면 아이들이 재미없어한다고요? 짜릿한 기술을 가르쳐야 책이 팔리고 아이들이 좋아한다고요? 잘 모르시는 것 같은데 우리 판소리에서도 토끼가 간이 콩알만 해져 도망치는 장면이 클라이맥스고 그 장면을 신명 나게 부르는 소리꾼이 인기 짱이라고요?"

"아, 그렇군요. 그럼 재미없는 원칙은 언제 배우나요? 그냥 세상 눈치껏 살아나가는 기술만 있으면 된다고요? 그 기술 배우느라 밤늦도록 과외들 한다고요? 그 과외 가르치는 동네에 사람들이 몰려 집값이 많이 뛰었다고요?"

그래서 그런가 봅니다. 남을 속이고 힘없는 사람을 짓밟고 갑질을 해 가며 자기만 잘살면 된다는 사람들이 큰소리치고 활보하고 다니는 세상이 되었으니 말입니다.

토끼는 거북이를 믿고 따라갔다가 목숨까지 잃어버릴 뻔했습니다. 이처럼 믿고 안 믿고의 차이에서 목숨이 왔다 갔다 합니다. 믿을 만하다, 신용이 있다 없다는 목숨이 달린 문제인 것입니다.

옛 현대그룹을 세운 고 정주영 명예회장은 시골에서 서울로 올라와 신당동의 싸전에서 배달꾼으로 일을 하면서 주인으로부터 신용을 얻고 그 가게를 물려받아 이를 키워 후에 현대그룹을 일으킨 분입니다. 집안 사정은 잘 모르겠으나 가난으로 치면 아마도 흥부 못지않았을 겁니다. 그러나 작은 싸전에서 성실히 일하며 신용을 쌓고 하나하나 절약하며 부를 쌓아 큰 재벌이 된 것입니다. 그가 가진 것은 부지런함, 성실함, 그리고 신용이었습니다.

그중에서 신용이 제일 중요한 것으로 "사업은 망해도 괜찮아, 신용을 잃으면 그걸로 끝장이야"라는 말로 살아생전에 신용을 강조했습니다.

그런데 신용이란 것이 하루아침에 생기는 것이 아닙니다. 성실함으로 오랜 시간 신뢰를 쌓아야 신용이라는 결과가 나타나는 것입니다. 흥부도 오랜 시간 참고 가정에 충실하며 비록 가난했으나 착하고 성실하여 결국은 보상을 받은 것입니다. 흥부 놀부를 심판한 제비는 상벌(賞罰)을 정확히 행사한 공정한 명판사(名判事)요, 심판이었습니다.

유태인 속담에 "거짓말쟁이에게 주어지는 최대의 벌은 그가 진실을 말했을 때에도 사람들이 믿지 않는다"라는 무서운 말이 있습니다.

또한 중국 상인들은 "돈을 잃은 사람은 다시 장사 할 수 있지만, 신용을 잃은 사람은 다시 장사 할 수 없다"고 말합니다.

이처럼 신용이란 인간의 삶 속에서 가장 기본이 되는 것입니다. 특히나 자본주의 사회에서는 목숨과도 같은 존재입니다.

우리가 신용 사회를 이야기할 때 빼놓을 수 없는 것이 은행 거래입니다. 은행에서 대출을 받으려면 신용 조사를 통해 신용이 있는지 알아보고 신용 등급에 따라 대출 여부를 결정합니다. 또 하나 신용을 이야기할 때 대표적인 것이 은행의 '신용 카드'라는 것이 있습니다. 신용 카드란 은행이 소비자를 대신하여 판매자에게 지불 약속을 한 증표입니다. 따라서 은행은 신용카드를 발급할 때 소비자의 신용을 대신 보증할 정도로 믿을 수 있는지 확인을 하고 카드를 발급합니다.

한데 이유는 잘 모르겠으나 한 때 서울 한복판 길거리에서 신용 카드 가입자를 모은 때가 있었습니다. 정말 놀라 까무러칠 일입니다. 제가 외국에 근무할 때 신용 카드 발급 신청을 하면 심사를 받는데 한 달 이상 소요됩니다. 신용 카드가 발급되기 전 한 달 동안은 현금을 들고 다니며 일일이 결제를 하는 불편함을 겪고 나서 신용 카드의 고마움을 알게 되었습니다.

이처럼 경제 활동의 기본은 신용이라는 두 글자에서부터 출발이 되는데 신용이란 상호 신뢰가 없으면 애당초 성립이 안 되는 것입니다. 국가와 국민 간, 은행과 고객 간, 판매자와 소비자 간 그리고 개인과 개인 간 등등 모든 사회 구성원 사이에서 상호 신뢰 및 신용은 사회가 굴러가는 기본 요소입니다.

상호 믿음이 없는 사회에서는 거래를 하는데 부대비용이 많이 들어 경쟁력이 없습니다. 믿질 못하니 신용 조사를 해야 하고, 보증인을 세워야 하고, 그래도 못 미더우면 담보라는 물건을 제공해야 하니 그것에 따른 부대비용도 만만치 않습니다. 또한 속지 않으려 긴장을 하고 살아야 하니 혈압이 오르는 건강상의 손해도 있고요.

신용 사회란 서로 믿음을 가지고 불필요한 사회적 비용의 지불 없이 거래가 가능한 사회를 말합니다. 남을 속이고 신용이 없으면 영원히 그 사회에서 도태되고 경제 활동을 할 수 없는 사회 말입니다. 거짓말로는 얻는 이익보다 더 큰 손해가 돌아온다는 것을 증명해 보이는 그런 사회…….

정주영 명예회장에게 신용은 현대그룹이라는 선물을 가져다주었듯이 우리에게 신용이란 제비가 흥부에게 가져다준 박 씨와도 같은 것입니다.

서로 믿고 사는 신용 사회에서 모두 모두 부자 되세요.

ccsj 2018/09/11

마지막 일터

– 독일 ZF Group

2004년 말 현대에서의 26년 근무를 마치고 정든 곳을 떠났다.

아직 일손을 놓기에는 이른 57세 때 일이다. 섭섭한 마음을 달래며 지내던 2005년 5월경 독일 Recruit 회사에서 연락이 왔다. 독일 ZF 그룹사에서 한국 시장을 맡을 책임자를 구한다는 내용이다.

사회 초년병 때의 설렘으로 오랜만에 이력서를 정성껏 준비해 제출했다.

얼마 뒤 독일 Recruit 회사 사장이 서울로 날라 와 1차 면접을 가졌다. 그 뒤 ZF 그룹사 인사 담당 부사장과의 면접 그리고 동사 회장과의 두 차례에 걸친 면접을 거쳐 2005년 말 독일로 날아가 고용 계약을 맺었다.

80년대 초 영국 근무 경험이 있는 나로서는 유럽 회사에서 일하는 것에 대한 두려움은 없었다. 검소하고 근면한 국민 그리고 2차 세계 대전에서 패망 후 짧은 시간에 산업을 일으켜 강대국 반열에 다시 오른 나라, 몇 해 전까지 동서로 나뉘어 우리와 같이 분단됐던 나라 독일에 많은 경외심을 가진 터이라 그들의 깊숙한 속을 들여다보고픈 강한 호기심을 가지고 있던 나로서는 좋은 기회가 찾아온 것이다.

새롭게 일을 시작하게 된 ZF 그룹(ZF Friedrichshafen AG)은 회사 이름 ZF가 독일어로 Zahnradfabrik – Great Factory라는 의미의 머리글자를 딴 것처럼 세계 41개국 241곳에 자동차 부품 생산기지, 연구소, 판매 조직 등을 가진 회사다.

1900년 7월 비행선(飛行船) LZ-1에 장착한 Zepplin Engine을 처음 개발한 오랜 역사를 가진 회사로 지금도 자동차용 엔진과 변속기(Engine & Transmission)에 독보적 기술을 가진 회사다.

2019년 기준 연 매출 365억2천만 Euro이며 종업원 수 147,800명으로 미국 포춘지 선정 세계 500대 기업 중 266위의 기업이다.

ZF 그룹 내 여러 회사 중 ZF Lemforder AG와 2005년 말 고용 계약을 체결코자 처음 회사 방문했을 때 인상이 새롭게 떠오른다.

이 회사의 본사는 독일의 서북부 작센 주(lower Saxony)에 속한 디폴즈(Diepholz) 카운티에 속한 Lemforde라는 작은 도시에 있다.

놀라운 것이 본사가 속한 곳 Lemforde의 전체 인구가 3,288명(2018년 기준)인 시골 마을이며, Diepholz 카운티 인구도 16,882명(2018년 기준)인 소도시이다.

이런 시골 도시에 세계적 기업이 있다는 것에 놀랍다. 종업원 1,119명은 어디에 살며 아이들 학교는 어찌 되고 제대로 된 병원은 있는지 등등 모든 것이 궁금하다. 아마도 내가 몸담았던 현대그룹의 종업원들에게 이런 작은 도시에서 근무를 하라면 어찌했을까 속으로 질문을 던져 본다.

3년이란 짧은 기간 독일 회사에 근무하며 몇 가지 인상에 남는 기억들이 있다.

ZF 그룹의 대주주(大株主)는 ZF 그룹 본사가 위치한 인구 6만이 채 안 되는 Friedrichshafen 시이다. 이 도시는 비영리 재단인 Zeppelin Foundation을 운영하며 ZF 그룹의 주식 93.8%를 보유하고 있다.

이는 곧 도시 Friedrichshafen이 ZF이며 ZF 회사 그 자체가 Friedrichshafen 도시다. ZF 그룹 경영진은 경영 성과에 대한 평가를 비영리 재단인 Zeppelin 재단과 이를 운영하는 시(市)로부터 받는다. 이는 곧 회사 경영진과 임직원 즉 노사 모두는 회사가 속한 도시 전체에 대해 책임을 지고 있는 구조로써 애사심과 애향심을 모두 가지고 회사 운영을 해야만 한다.

이러한 점들이 위에 언급한 아이들 교육, 의료 서비스, 문화생활 등등 대 도시에 비해 열악한 환경에서도 세계적 기업이 운영되는 원동력이 아닐까 생각한다.

다른 한 가지는 독일 회사는 매우 보수적이라는 선입견이 있었는데 막상 일을 해보니 전혀 다르다. 경영층은 변화와 혁신을 쉴새 없이 추구하는데 놀라웠다.

보다 나은 길을 찾기 위해 부단히 노력한다. 소속된 직원들도 끊임없이 아이디어를 개진한다. 어느 조직이나 경쟁에서 살아남으려면 변화를 마다치 않아야 하지만 내가 경험한 독일 회사는 조직에 대한 변화, 새로운 분야로의 진출, M & A, 기술 개발 등등 매우 적극적이다. 때론 무모하다 싶을 정도로 과감하며 실패를 두려워하지 않는 듯싶다.

대표적인 경우가 1998년 독일 Daimler사와 미국 Crysler사의 합병이다. 결국 2007년 양사의 문화적 차이로 Daimler 사가 큰 손해를 보고 실패로 끝이 났지만 작은 덩치의 회사가 겁 없이 더 큰 덩치의 회사를 덜컥 집어삼켜 세상을 놀라게 했다. 2015년 내가 몸담았던 ZF Lemforder사도 덩치가 더 큰 미국의 TRW라는 회사를 인수했다. 놀랍고 겁 없는 결정이다.

이런 다이내믹하고 배울 점 많은 독일 회사 ZF 그룹을 2008년 말 떠나면서 나의 기나긴 봉급쟁이 삶의 여정을 끝마쳤다. 내 나이 61세 때이다.

사회 병리(病理) 현상

반세기라는 짧은 시간에 세계 최빈국에서 선진국까지 숨 가쁘게 달려오면서 사회에는 이런저런 병리 현상이 나타나기 시작하였다.

그중에서 손꼽을 만한 현상이 빈부 격차 문제이다. 짧은 시간에 온 국민이 고르게 잘 살았으면 좋았을 테지만 황무지에서 출발 각자 개인의 길에 따라 앞선 자와 뒤선 자가 갈리고, 국가 주도 경제 개발 정책에 따라 대기업 중소기업이 갈라지기 시작하였으니 사회 안전망이 구축되지 않은 시기에 빈부 격차는 자연스레 생기기 마련이었다.

가진 자와 못 가진 자 간에 우열이 생기면서 가진 자는 갑(甲) 이고 못 가진 자는 자연스레 을(乙)이 되면서 상하 관계 또는 주인과 머슴의 관계가 생성되었다. 문제는 일부 못된 주인이나 상사가 소위 갑질을 하면서 큰 사회적 물의를 일으키는 일들이 빈번히 일어났다. 기업에서뿐만 아니라 체육, 영화, 문단 등 문화계와 군대를 비롯한 여러 조직이나 단체에서 광범위하게 일어난 일종의 사회 병리 현상이다.

이러한 갑질 문화에 대한 나의 생각을 한 시민 단체 기고란에 게재한 글을 소개한다.

이 세상에 영원한 갑(甲)은 없다

– 어느 런던 택시 기사가 준 교훈(敎訓) –

런던의 택시는 블랙 캡(Black Cab)이라는 별칭으로 세계에서 가장 신뢰받고 사랑받는 대중교통 수단 중 하나입니다. 생긴 것이 동그란 두 눈을 크게 뜬 맹꽁이 같이 앙증스럽기도 하고, 검정색의 육중한 몸매는 권위를 상징하는 듯도 합니다. 그래서 생긴 모양대로 사랑받고 위엄 있게 보는지도 모르겠습니다.

런던의 택시 기사가 되기 위해서는 매우 힘든 과정을 거쳐야 하는데 면허를 따는데 보통 3년 이상 열심히 고시(考試) 공부하듯 해야 겨우 취득할 수 있으니 한번 따고 나면 자부심도 대단할 만합니다.

런던의 거리는 옛 마차가 다니던 길을 포장해 놓아 좁고 매우 복잡한 길로 정평이 나 있어 옛날 도로안내 내비게이터가 없던 시절 택시 기사가 되기 위해서는 시내 중심가 반경 6마일 속에 있는 25,000여 개 길 이름은 물론 주요 건물 13,000여 개, 주요 상점들 50,000여 개의 이름을 모두 외우고 시험관이 묻는 A 지점에서 B 지점까지의 최단거리 내 도로, 건물, 업소 이름을 모두 답해야 합격이 되었다 하니 우스갯소리로 런던 택시 기사는 치매에 걸릴 확률이 "0"라는 말까지 생겨났습니다.

복잡한 런던 시내에서는 종종 교통 체증이 자주 발생하는데 그 때마다 택시 기사들이 운행 중 차에서 내려 수신호로 교통정리 하는 모습을 흔히 볼 수 있습니다. 하루는 궁금하여 택시 기사에게 그 이유를 물어보니 그의 대답은 "런던의 택시 기사는 하루 대부분의 시간을 도로 위에서 보내며 도로를 제일 많이 사용하는 도로의 주인입니다. 만일 도로가 혼잡해 지면 도로를 제일 많이 이용하는 도로의 주인인 내가 불편하니 정리하는 것은 당연한 일 아닙니까?"

대수롭지 않게 당연한 일을 왜 묻느냐는 표정이었습니다.

런던에서의 4년 생활을 마치고 80년대 중반 귀국하여 출퇴근을 포니 중고차를 하나 구입해 몰고 다녔습니다. 직장에 출퇴근을 하려면 매일 잠수교를 지나다녀야 했는데 그때 겪은 경험이 아직도 뇌리에 남아있습니다. 그때의 잠수교는 아래층이 편도 두 개 차도로 출퇴근 시 2차선 도로를 운전하고 가다 보면 갑자기 뒤에서 빵빵 클락션을 울리며 당장 비키라고 종종 협박(?)을 당했습니다. 죄송하지만 주로 택시 기사님들로부터 말입니다. 그래도 영국에서 4년을 보내며 나름 규정을 지켜가며 운전을 했으니 서툰 운전 솜씨는 아닌데 이유를 몰랐습니다. 2차선에서 비키라면 저보고 한강 물에 빠지라는 이야기인지 이해가 가지 않았습니다.

이유를 아는 데에는 그리 오랜 시간이 걸리지 않았습니다.

서울의 택시 기사는 자기가 도로의 주인이니 모두 비키라는 것입니다. 도로 위에서 소위 텃세를 부리고 요즘 말로 갑(甲)질을 한 것이죠. 아마도 서울 택시 기사는 사(士)자가 붙은 기술을 가진 기사(技士)이고, 저 같은 자가용 운전자는 그저 기술 없이 운전하는 사람(運轉者)이니 격(格)이 다르다는 뜻이었는지도 모르겠습니다.

같은 택시 기사이며 도로의 주인인데 런던 택시 기사와 서울 택시 기사가 왜 그렇게 생각이 다르지 하는 의문이 들었습니다. (앞의 이야기는 40년 전 서울의 일부 택시 기사님들 이야기이니 지금 서비스 경쟁을 하고 친절하신 서울 택시 기사님들께서는 오해가 없으시길 바랍니다.)

오래 전 한 때 있었던 일을 오늘 꺼낸 이유는 안타깝게도 요즘 한국 사회 각 분야에서 제가 경험한 옛일이 환생(還生)을 한 것이 아닌가 하는 착각을 할 때가 종종 있기 때문입니다.

신문 지상에 연일 뉴스의 한 꼭지를 장식하는 모 재벌 그룹 일가의 일탈 행위가 갑(甲)질이라는 신조어로 이름 붙여져 회사 가치는 물론 집안의 명예도 추락하는 불행한 일이 벌어지고 있습니다.

이러한 일들은 얼마 전에도 모 유제품 생산 업체와 판매 대리점 간에 그리고, 프랜차이즈 업체와 가맹점, 건설업이나 제조업의 원청사(原請社)와 하청(下請)업체 간 등등 먹이 사슬로 엮여 거래 관계가 있는 분야에서도 심심치 않게 벌어져 사회의 공분(公憤)을 사기도 했습니다.

갑(甲)질의 형태는 위의 사례뿐 아니라 열정 페이, 텃세, 언어 폭력 등의 형태로 대학, 군대, 종합 병원 등 조직 사회 곳곳에서 문제를 일으키고 급기야는 문화 예술계 일부에서는 사제(師弟)간 "미투"라는 형태로 그 폐해가 폭로되고 있습니다. 이름만 보아도 토종인 '갑'질 및 텃세에서 외래종인 '미투', 그리고 하이브리드형인 '열정 페이'까지 다양하여 과히 "갑질 공화국"이라는 새로운 나라가 탄생하지 않았나 의문스럽기도 합니다.

거래에서 계약이란 갑(甲)과 을(乙) 쌍방이 대등한 관계에서 맺어져야 하는데 위에 열거한 예에서 보듯 갑이 우월적 지위를 이용해 을에게는 시혜(施惠)를 베풀 듯 기울어진 잣대로 계약을 맺게 하니 갑은 주인이요 을은 머슴의 관계가 되는 것이 아닌가 싶습니다.

문제는 주인인 갑이 옛 서울 일부 택시 기사처럼 내가 주인이니 모두 비키고 내가 왕(王)이니 내가 하고 싶은 대로 하겠다는 그 태도입니다. 그게 바로 요즘 종종 사회적 물의를 일으키는 갑(甲)질 문화로 환생(還生)을 한 것입니다.

우리가 사는 공동체는 갑과 을이 공생(共生)하는 곳입니다. 이 세상에 누구도 영원한 갑(甲)은 없는 법입니다. "을"인 대리점 사장이 백화점에 손님으로 가면 "갑"의 신분이 됩니다. 빚 많은 재벌 회장이 은행에 가면 '을'의 신분이 되듯이 말입니다. 그러니 우리가 사는 이곳은 갑과 을이 모두 주인이 되어 모두가 편하도록 스스로 가꾸어야 할 곳입니다.

런던의 도로는 런던 택시 기사가 가꾸어야 할 곳인 것처럼 어느 한쪽이 일터를 더럽히면 갑, 을 모두에게 불편을 주는 곳입니다.

왜 한국의 갑(甲)은 자기가 주인인 그 환경이 더럽혀지면 자기가 불편해진다는 영국 런던 택시 기사의 현명함을 깨닫지 못할까요?

머슴 부리듯 "갑"질이나 하면 "을"은 주인의식(主人意識) 없이 시키는 일이나 겨우 하는 머슴밖에는 안 됩니다. 이러면 "갑"에게 돌아가는 것은 손해(損害)라는 두 글자뿐입니다. 말 한마디 호칭 하나에도 분위기가 달라지는 것이 갑과 을의 관계입니다.

여행업을 하는 지인(知人)으로부터 들은 이야기입니다.

프랑스 어느 도시의 한 카페에 붙어 있는 가격표에는

* Coffee: 8 Euro

* Coffee ^^: 5 Euro

* Excuse me Coffee please: 1.5 Euro

라고 적혀 있었답니다. 카페에 와 갑(甲)질하는 일부 무례(無禮)한 손님을 막기 위한 지혜로운 가격표입니다. 여러분은 어떤 커피를 주문하시겠습니까?

런던의 택시 기사가 그립습니다. 요즘 런던의 블랙 캡이 우버에 밀려 사라져 가고 있답니다. 세월은 어찌할 수 없나 봅니다. 다음 번 런던에 가면 꼭 블랙 캡을 타고 멋진 런던 기사와 런던 거리의 주인이 되어 달려 볼 생각입니다.

ccsj 2018/06/08

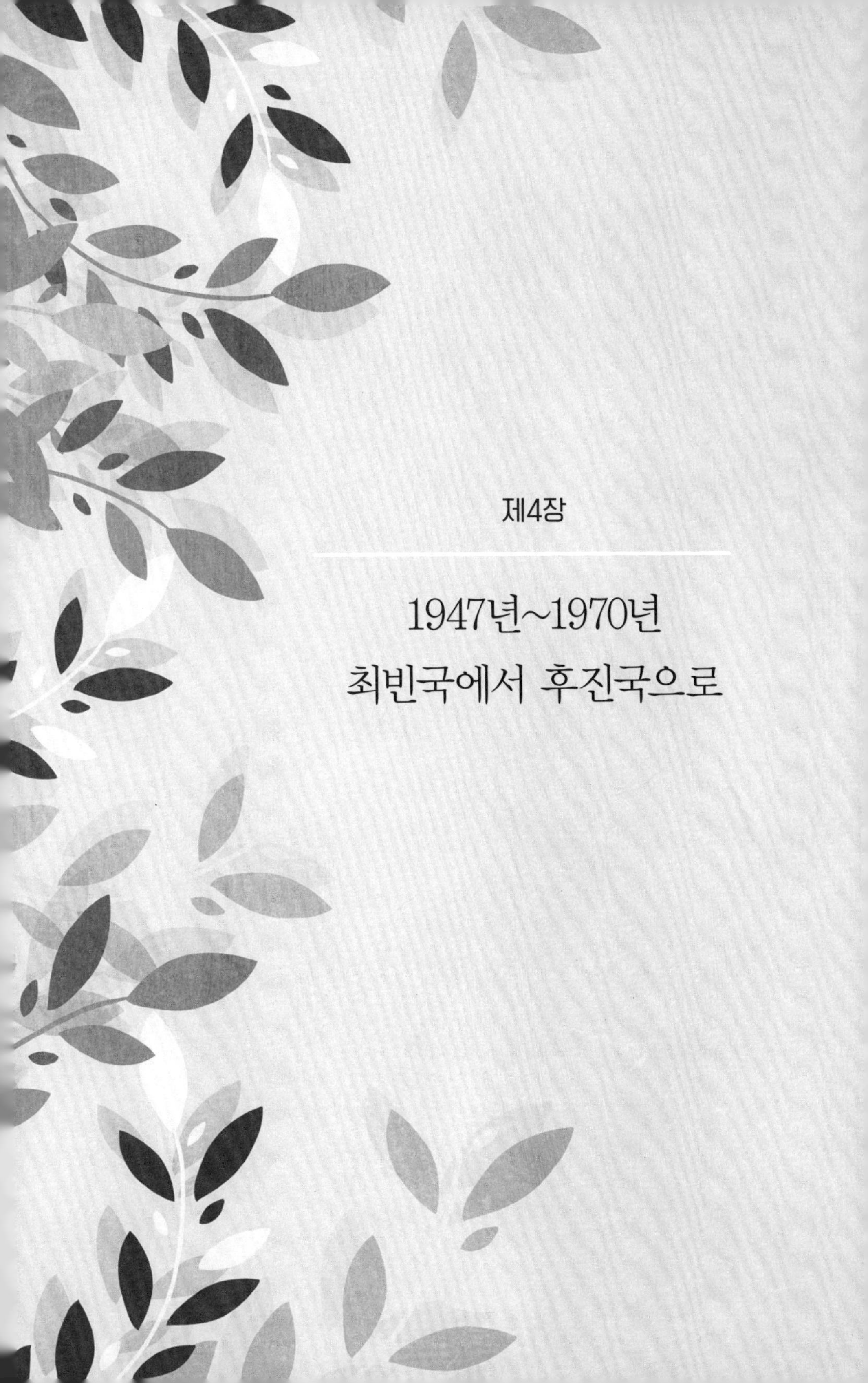

제4장

1947년~1970년 최빈국에서 후진국으로

뿌리

– 나의 기원

나의 본관이 연일(延日, 영일읍(迎日邑)의 옛 지명)이니 지금의 경상북도 영일(迎日, 1995년 포항시로 편입)이 원적(原籍)일 것이다.

역사적 기록에 의하면 시조는 약 2,000년 전 신라 유리왕 9년 간관(諫官)이었던 종(宗)자 은(慇)자 정종은(鄭宗慇) 어르신으로 기록되어 있다.

간관(諫官)이란 직책은 사간원(司諫院)에서 일하는 관리를 뜻하는데 조선 시대 사헌부(司憲府)가 관청의 관리들이 부정을 저지르지 못하도록 규찰하는 임무를 맡았다면 간관(諫官)이 속한 사간원(司諫院)은 임금의 잘못을 살펴 그릇된 것이 있으면 간쟁을 해서 잘못을 바로잡도록 하는 임무를 맡던 곳이다.

신라 시대에는 간관의 역할이 조선 시대의 사간원과 사헌부 역할을 같이 맡고 있었다니 세도(勢道)깨나 부릴 수 있는 자리가 아니었나 싶다.

그런데 시조(始祖) 어르신께서 임금에게 올바른 소리를 많이 하셨는지 인동(仁同) 약목현(若木縣)에 유배된 후 후손 의경(宜卿) 어르신께서 영일 현백(迎日 縣伯)으로 봉해진 후에 와서야 영일 정 씨로 처음 적(籍)을 만들었다 한다.

세월이 흐르면서 연일 정씨 내 여러 계파가 존재하는데 대표적인 계파로는 시조 종은 어른을 시조로 하여 고려 의종 때 중신(重臣) 추밀원 지주사(樞密院 知奏事)를 지낸 후손 정 습명(襲明) 어른을 1세조로 하는 지주사공파(知奏事公派)와 정극유(克儒) 어르신을 1세조로 하는 감무공파(監務公派)가 있다.

지주사공파의 대표적 인물로는 충신, 효자, 의인으로 불리는 포은(圃隱) 정몽주(鄭夢周) 선생(1337–1392)이 있다. 워낙 충신의 표상으로 역사가 자리매김해 놓았으니 긴 설명이 필요 없어 유명한 이방원의 "하여가"와 포은 선생의 "단심가"를 다시 적어 본다.

하여가(何如歌) _ 이방원

이런들 어떠하리 저런들 어떠하리
만수산 드렁칡이 얽혀진들 어떠하리
우리도 이같이 얽혀 백 년까지 누리리라

단심가(丹心歌) _ 정몽주

이 몸이 죽고 죽어 일백 번 고쳐 죽어
백골이 진토되어 넋이라도 있고 없고
임 향한 일편단심이야 가실 줄이 있으랴

포은 선생과 관련된 재미있는 이야기가 있다.

포은 선생이 아홉 살 때 집에서 일하는 여종(女從)이 군에 간 남편에게 편지를 써 달라고 부탁을 하자 그는 그 자리에서

"구름은 모였다 흩어지고 달은 찼다 이지러지지만 첩의 마음은 항시 변치 않습니다."

라고 짧게 한시를 써 주자 이에 스승도 크게 놀라 큰 인물이 될 것을 예지했다 한다. 될성부른 나무는 떡 입부터 알아본다는 말이다.

다시 원문으로 돌아가 감무공파의 대표적 인물로는 조선 중엽 가사(歌辭) 문학의 최고봉인 송 강(松江) 정철(鄭澈 1536-1593) 선생을 들 수 있다.

송강 선생과 관련된 일화를 하나 소개한다.

조선 명종 21년(1566년) 송강 선생이 사헌부에 근무할 당시 명종의 종형 경안군과 관련된 사건이 발생했다.

경안군이 처가의 재산을 빼앗으려고 서얼 처남을 꾀어 죽인 뒤 강물에 던져버린 사건이 일어났다. 당시 국왕 명종은 자신의 종형이 관여된 일이므로 조용히 넘기려고 송 강을 설득하며 논박하지 말 것을 종용하였다.

그런데 송 강이 국왕의 요청을 거부하자 직에서 파면하고 전라도 광주로 보낸 후 3년간 관직에 부르지 않았다. 그 후 선조가 즉위하면서 복귀하여 선조 23년(1590년)에는 좌의정에 올라 정치인으로 그리고 문인으로 이름을 떨치신 분이다.

집안에 물론 위 두 분 외 대제학과 영/좌의정 등의 높은 벼슬에 올라

가문을 빛낸 많은 선조 분들이 계신다. 그런데 선조 분들의 공통점은 시조 종은 어른께서 바른말 하시다 귀양을 가셨고, 포은 선생은 충의, 의절의 대명사요, 송강 정 철 어르신도 원칙과 소신에 따른 바른 소리로 두 번이나 고초를 겪은 어른이시다. 이처럼 연일 정씨 가문의 선조들은 원칙과 정도(正道)를 지켜나간 DNA가 몸속에 있지 않았나 싶다. 불의에 타협하지 않는 대쪽 같은 성품은 결국 유배(流配)나 정적(政敵)에 의한 피살(被殺)로 생을 마감하는 불운(不運)을 감내해야 하지 않았을까?

청렴, 결백, 충의, 원칙주의, 의리 등이 가문을 나타내는 아이콘이 아닌가 싶다.

지금까지 장황하게 옛 뿌리를 찾아보았는데 시 공간을 훌쩍 뛰어넘어 나를 찾아보니 지주사공파 26대손이다.

줄여 말하면 시조(始祖) 종은(宗殷) 어르신, 고려 의종 때 추밀원[2] 지주사를 지내신 습명(襲明) 어르신 그리고 11대손 포은 정몽주 선생을 선조로 둔 집안이다.

2) 고려 시대 왕명의 출납, 궁중의 숙위(宿衛) 및 군기(軍機)를 맡아 본 국왕의 비서기구, 현재의 대통령 비서실 격.

세상에 나오다

– 출생

1947년 돼지해 12월에 세상에 나왔다.

1인당 국민 소득 67불의 세계 두 번째 최빈국(最貧國)에서 식솔이 또 하나 태어난 것이다.

그래도 부모가 모두 의사(醫師)인 집안에서 딸 셋 낳고 태어난 아들이니 귀한 자식으로 태어난 편이다. 서울 종로구 통인동 한옥집에서 태어났다. 그 한옥집은 경복궁 중건 당시 대 목장이 살던 집이라는 소문이 있었는데 그래서인지 대청마루의 대들보로 쓰인 통나무 원목이나 서까래에 쓰인 재료로 볼 때 예사롭지 않은 전통 한옥(韓屋)이었다.

태어나 세 살 되던 해 한국 전쟁(6·25 전쟁)이 일어났다. 남동생이 태어나던 해 1950년이다.

전쟁이 나자 아버님은 육군 소령 계급장을 달고 경상남도 울산의 초등학교를 임시로 개조한 63 육군병원의 병원장으로 징집되어 식구들과 헤어지게 되었다.

후에 어머님이 어린아이들을 데리고 충남 공주의 먼 친척 집을 경유해 울산으로 가 병원 관사에서 지냈다. 관사는 학교 건물을 개조한 집으로 병원 바로 옆에 붙어 있어 어린 내가 쫄쫄거리며 집과 병원을 드나들었던 기억이 난다.

63 육군병원은 후송 병원으로서 전쟁터에서 부상을 당한 군인들이 후송되어 치료를 받던 곳으로 총상을 입고 팔다리가 잘려나간 군인들의 고통스런 신음 소리로 낮과 밤을 지새우던 그런 곳이다. 어린 나로서는 정말 무서운 광경을 매일 보면서 자랐다. 이때의 충격으로 훗날 의사라는 직업은 일찍이 내 머릿속에서 지워져 있었다.

3년의 전쟁 끝에 휴전이 되어 서울로 올라오는 도중 아버님의 제2 고보(경복고등학교 전신) 동창이 상업은행 대전 지점장으로 있어 친구도 볼 겸 겸사겸사하여 대전에 들르게 되었다. 잘은 모르겠으나 후에 아버님이 대전에 내려와 개업을 하시고 생활의 터전을 대전에서 잡으신 걸 보면 아마도 동창분의 영향이 있었을 것으로 추측된다.

내 삶에 영향을 끼친 분들

사람은 태어나 성장 과정에서 주위의 다른 사람으로부터 영향을 받는다. 때로는 영향을 준 사람을 롤 모델(Role Model)로 삼아 나도 크면 저 분처럼 돼야지 하며 꿈을 키워 나가기도 한다.

나도 성장 과정에서 부모님 이외에 두 분으로부터 크나큰 영향을 받았다.

그 첫 번째 분이 존경하는 나의 작은 아버님 동호(東湖) 정남규 박사(1918-1972)이시다. 수원고농(서울대학교 농과대학 전신)을 졸업하고 일본 교토대에서 농업 경제학을 공부한 후 서울대학교 농과대학에 농업 경제학과를 신설 교수로 재직 중 1949년 국비(國費) 장학생으로 미국 위스콘신(Wisconsin) 주립 대학원에 유학 국내 제1호 농업 경제학 박사 학위를 취득한 분이다.

동호 정남규 박사 묘, 수원 (2018)

귀국 후 서울대 농과대학에서 후학을 양성 중 한국 전쟁 후 극심한 식량난으로 기아(飢餓)에 시달리는 국민들의 호구책(糊口策)마련을 위해 이승만 박사께서 미국으로부터 식량 원조를 받아 내도록 임무를 부여 1956년 농림부(農林部) 농정국장으로 부름을 받았다.

당시 미국의 대외원조기관 유솜(USOM), 유세이드(USAID) 및 유엔 대외원조기구 운크타드(UNKTAD) 등을 통해 막대한 양의 농산물 원조를 받아 전후(戰後) 기아 선상에 있던 한국민들의 식량 문제를 해결한 분이다.

그 뒤 1962년 농촌 진흥청이란 조직을 만들어 식량의 자급화 및 농업 근대화를 앞당긴 업적을 남긴 분이다. 농촌 진흥청은 조직 내에 연구 기능(Research), 시험 재배 기능(Test) 및 보급 기능(Application)을 모두 갖춘 조직으로써 박사급 인력을 모아 신품종 개발, 시험 재배 및 일선 농가 보급이란 일관된 체계를 갖춰 짧은 시간에 식량의 자급화 및 품종의 고급화를 이룰 수 있는 기반을 만든 곳이다. 이러한 한국의 Research, Test & Application을 한군데 갖춘 조직은 농업 근대화 정책의 모범적 성공 사례로 채택되어 UN 세계식량농업기구(FAO) 및 아세아개발은행(ADB Asian Development Bank) 등을 통해 다른 개발 도상국에 소개되었다.

그 후 1964년 농림부 차관을 거쳐 농업 협동조합 중앙회 부회장으로 재임 시에는 농업을 금융과 접목시켜 농업 생산 및 유통을 체계적으로 안정적인 산업으로 정착시키는데 진력하였다.

이와 같이 정남규 박사는 농업 교육자로서, 행정가로서 국제 외교관으로서 명성을 떨치던 분으로 집안 어른을 떠나 한국 농업 사(農業史)에 큰 족적을 남긴 존경하는 분이다. 안타깝게도 1972년 향년 54세로 세상을 떠났으며 정부에서는 정남규 박사의 공적을 기려 국민훈장 모란 장을 사후에 추서하였다.

고인은 후학들의 뜻에 따라 수원 옛 농촌진흥청 뒷산 아기산에 우장춘 박사 묘 위에 잠들어 계시며 묘소에는 인척 관계인 장욱진 화백[3](1917–1990)의 그림 몇 점이 묘비에 새겨져 있다.

동호 정남규 박사 묘, 수원 (2018)

3) 장욱진 화백은 역사학자 두계 이병도 박사의 큰 사위이며, 정남규 박사는 이병도 박사의 처남인 옛 서울대 농과대 학장 조백현 박사의 큰 사위이다. 또한, 장욱진 화백은 충남 연기군(현 세종특별자치시) 동면(東面)이 고향이며 정남규 박사는 충남 연기군(현 세종특별자치시) 전의면(全義面)이 고향으로 동향(同鄕)인 두 분은 생전에 가까이 지내셨다.

나는 고등학교 3년을 서울에 올라와 작은 아버님 댁에서 기거하며 작은 아버님으로부터 많은 것을 배울 수 있었던 행운을 얻었다.

우선 작은 아버님은 미국 유학 생활을 통해 몸에 익으신 탓인지 매우 민주적인 분이다. 그동안 엄한 아버님 밑에서 숨소리조차 크게 내지 못했던 나로서는 새로운 세상을 만난 것 같은 경이로움 그 자체였다. 서울에 올라온 지 얼마 안 된 어느 날 사촌 동생이 저녁을 먹고 난 후 7시경 영화를 보러 가자고 했다.

광화문 조선일보사 근처에 있는 영화관에서 서부 영화를 하니 가서 보자는데 깜짝 놀랐다. 아니 이 저녁에 그것도 영화관이라니? 나에겐 상상도 할 수 없는 일이었다. 우리 집 형제들과 작은 아버님 댁 사촌들 간의 엄청난 환경 차이를 보고 큰 충격을 받았다.

내가 고등학교 시절 작은 아버님이 농림부 차관일 때였다. 나라 살림이 매우 어려운 당시 아침 식사 때는 식구들이 모두 모이면 작은 아버님께서 아직 많은 사람들이 굶주리고 있으니 우리가 이렇게 식사할 수 있는 것을 감사해야 한다는 말씀을 늘 하곤 하셨다.

그리고 매일 아침 일찍 꼭 나를 데리고 인왕산에 오르셨다. 비가 오나 눈이 오나 아침 식사 전에 산에 올라 소위 약수를 마시고 작은 돌멩이 서너 개를 주워 야구 피쳐(Pitcher) 모션을 하고 바위에 던지곤 했다.

산을 오르내릴 때 종종 영어로 대화를 하면서 간간이 미국에서의 생활도 이야기해 주셔서 외국에 대한 꿈을 키워 주셨다.

2018년 4월 정남규 박사 탄신 100주년을 맞아 장미꽃 100송이를 들고 아기산 묘소를 찾았다. 그리고 고향 세종특별자치시 전의면에 탄생지 표지석 건립을 세종시에 건의했으나 실현되지 못해 아쉬움으로 남아있다.

두 번째 분은 박용대 형님이다.

나보다 여섯 살 연상이다. 대전 중 고등학교를 나오고 서울 상대를 졸업했다. 나의 증조할머니께서 함양 박씨로 할머님 쪽으로 인척 관계가 되는 분이다. 대전에서 같이 살 때 영어 과외 공부를 그 형한테 받았다. 그 형은 집안이 어려워 내게 영어 과외 공부를 시키고 아버님으로부터 학비를 받아 대학을 졸업했다. 나의 대학 시절 서울에서 잠깐 같이 살았는데 그때는 서로 대화를 영어로만 하기로 약속하고 한국말을 쓰면 당시 50원 벌금을 내며 지냈다.

그 형은 대학 졸업 후 공무원 시험을 봐 경제 기획원에 취직이 되었으며 동시에 미 8군에도 취직이 되었다. 집안 형편이 어려워 공무원 월급으로는 안 되겠는지 급여가 좋은 미 8군에 들어갔다. 얼마를 다닌 후 다시 럭키금성상사(현 LG상사)로 옮겼다. 거기서 섬유류를 취급하다 초대 뉴욕 지점장으로 발령이 나 미국으로 갔다. 그때 실크 머플러 몇 점을 집에 가져와 그것을 미국에 수출할 거라고 이야기하던 기억이 난다.

그렇게 그 형은 나에게 영어를 오랜 시간 가르쳐 주었으며 사회 진출 시 진로에 대한 조언을 많이 해준 분이다. 그 후 그 형은 럭키 금성 상사(뒤에 반도 상사로 개명)를 떠나 섬유류 수출 회사를 차려 크게 성공하였으며 1990년대 인도네시아에 섬유 신발 공장을 차려 크게 사업을 확장했다.

1978~1980년도 내가 미국 양송이 수입 업체 Consolidated Imports 사의 업무를 돌봐줄 때 그 형의 사무실 텔렉스를 이용하며 신세를 진 일도 있다.

누구나 살아가면서 존경하는 사람 닮고 싶은 사람을 가슴 속에 가지고 있겠지만 밖으로 꺼내 이야기하기는 쉽지 않은 일 같다. 혹 이야기를 꺼내 누(累)가 될지 모르기 때문이다. 존경한다는데 무슨 누가 되겠느냐 하겠지만 그 대상이 집안 친척이라면 이야기가 좀 달라진다. 부모님을 존경의 대상으로 꼽아야지 어찌 다른 분을 하는 분들도 있을 터이니 말이다.

존경은 마음에서 우러나오는 것이다. 위의 두 분이 나에게 경제적으로 큰 재산을 물려주신 것도 아니지만 암울했던 시절 나의 장래를 인도해 준 길잡이가 돼 주신 분들이다. 그러하기에 존경하는 마음을 지금껏 간직하고 있으며 주저 없이 존경하는 분으로 일찍이 자리매김해 놓았다.

그래 우리 모두 후손들이 존경하는 사람으로 기억되도록 해야겠다. 부자, 형제간이라는 생물학적 관계만 믿고 존경하라 강요하지 말고 후손들 마음에서 우러나온 진정한 삶의 귀감이 되도록 노력해야겠다. 그것이 비록 기억 속이지만 영원히 사는 길 아닐까?

한데 요즘은 큰 재산이라도 물려주어야 자주 찾아오고 겉으로 나마 존경하는 척한다. 재력 즉 돈이 양반을 만들고 힘을 발휘하는 세상이 되었다.

세계 최빈국에서 열심히 노력해 3만 불 선진국 문턱에 올려놓으니 이제 모든 가치의 판단 기준이 돈이 돼 버렸다.

젊은 시절 셋방에서 시작해 알뜰살뜰 한푼 두푼 모아 세간살이를 늘리고 40 넘어서야 겨우 집 한 칸 마련하는 것을 당연한 것으로 받아들이며 살았다.

(기왕 이야기가 나왔으니 나의 집 장만에 대한 이야기를 뒷장에 하겠다. 먼 훗날 읽어 보면 한 시대의 풍습쯤으로 역사적 기록이 될지도 모르니 말이다.)

생각해보면 우리 부모 세대는 일제 식민지 시대와 한국 전쟁을 겪고 가난한 시대를 산 매우 불행한 세대였다. 그나마 우리 세대는 최빈국에서 출발하여 계속 성장을 해 선진국까지 다다른 세대이니 나름 행복한 시대를 산 셈이다.

한데 이제는 효도도 돈이 있어야 받을 수 있다니 돈에 끼인 세대가 된 것이다. 행인지 불행인지 모르겠다.

대학 생활

서울 안암동에 소재한 고려 대학교 농업 경제과를 다녔다. 당시까지만 해도 나의 롤 모델 작은 아버님의 길을 갈 생각이었다.

4년 동안 공부도 열심히 하고 연애도 열심히 했다. 내가 다니던 고려대 응원가에 이런 가사가 있다.

"E대생은 우리 것 S대생도 양보 못 한다."

응원가 외침대로 E 대 사범대 여학생을 만났다. 나와 같은 과에 애인이 있는 친구 둘이 있었는데 세 여자의 이름에 모두 "희" 자가 들어가 "희자 클럽"을 결성 친하게 지냈다. 훗날 두 친구는 학계로 나가 대학교수가 되었고 나는 기업체에 몸을 담았다.

학창 시절 '지식을 경작한다'는 뜻으로 "지경회(知耕會)"를 조직 미국 MIT 대학교수이며 경제학자인 사무엘슨(Paul A. Samuelson 1915-2009)의 경제학(Economics)원론을 원서로 공부하곤 했다.

졸업을 앞두고 진로를 고민하던 중 작은 아버님의 길을 갈 생각으로 대학원 시험을 치르고 군 제대 후 입학할 요량으로 연기 신청을 해 놓았다. 그리고 당시 군 미필자에게도 유일하게 취업의 문이 열려 있던 농협 중앙회에 응시 합격하여 군 입대 전까지 몇 개월 근무를 하였다.

대학 생활 4년 열애에 빠져 군 입대를 미루다 졸업을 하고 가는 바람에 늦은 나이에 고생을 했다.

희자 클럽 세 명 중 나를 포함 둘은 결혼에 성공하였으나 한 친구는 도중에 헤어져 희자 클럽은 역사 속 전설로 남아있다.

대학 졸업식- 동호 정남구 박사, 아버님 (1971)

1974년 6월 역사학자 두계 이병도 박사의 주례로 명동 로얄 호텔에서 당시 중학교 여교사였던 지금의 아내와 결혼식을 가졌다. 1967년에 만나 오늘까지 53년여 세월을 묵묵히 살아 준 아내가 고맙다.

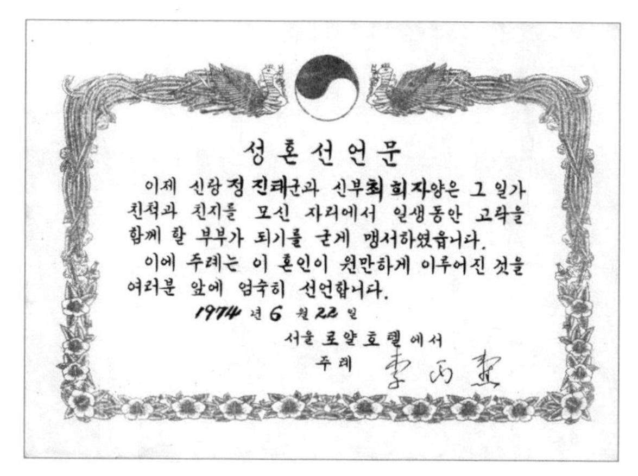

성혼선언문

이제 신랑 정진태군과 신부 최희자양은 그 일가 친척과 친지를 모신 자리에서 일생동안 고락을 함께 할 부부가 되기를 굳게 맹서하였읍니다.

이에 주례는 이 혼인이 원만하게 이루어진 것을 여러분 앞에 엄숙히 선언합니다.

1974년 6월 22일

서울 로얄 호텔에서

주례 李丙燾

성혼선언문 (1974)

나의 집 장만 이야기

– My Home

1974년 결혼 후 아내가 교편을 잡고 있던 서울 봉천동에 있는 이층집의 2층을 전세로 얻어 신접살림을 시작했다. 기름보일러 난방식 집이었는데 겨울철엔 기름값이 비싸 난방은 당시 막 시중에 출시(出市)된 전기장판으로 잠깐씩 한기(寒氣)를 겨우 없애며 지냈다.

그러던 어느 날 아내가 잠시 시장을 보러 간 사이 전기장판을 틀어 놓고 나갔다 돌아와 보니 장판이 과열로 불이 났다. 두꺼비 집을 내리고 양동이로 물을 뿌리며 겨우 불은 껐는데 비닐 탄 냄새로 방에 들어갈 수가 없다. 처가댁으로 몸만 피신해 보름 동안 지난 후 돌아왔다. 하마터면 주인집을 홀랑 태워 먹을 뻔했다. 집주인은 기름 난방 대신 전기장판을 권한 것에 우리는 부주의한 것에 대해 서로 미안해했다. 당시 교사였던 아내가 "B"여중에서 "D"중학교로 발령이 나면서 주인집과 서로 헤어졌다.

이렇게 시작된 나의 집 장만은 그 뒤 여의도가 개발되면서 그곳 입성(入城)기를 소개하며 계속하겠다. 1976년 당시 여의도에는 동쪽 한구석에 시범 아파트가 들어서 있었으며 민간 아파트는 광장 아파트가 덩그러니 서 있었을 때이다. 그때만 해도 아파트라는 것이 매우 생소한 것이어서 은행에서는 허공에 구멍 하나 뚫린 곳이 무슨 집이냐며 은행 대출 시 담보로 잡아 주지도 않았다.

그때 한양 주택이란 건설 회사에서 수정 아파트 분양 계획이 발표되었다. 계획 속에는 23평 형(75m2)이 분양가 790만원에 나와 있었다. 당시 나의 경제 형편으로는 무리한 것이었으나 어떻게 하던 살고 싶은 집이었다. 아파트에 관심들이 그리 많지 않아 분양 공고 후 며칠이 지나도 소위 로얄 층을 골라 가질 수 있었는데 이상하게 이번 수정 아파트는 인기가 좋다는 소문이 돌았다.

분양 개시 전날 밤 11시가 되자 청약을 하려는 사람들이 줄을 서기 시작해 난리가 났다. 당시 밤 12시부터 새벽 4시까지 통행금지가 있던 시절인데 그거에 아랑곳하지 않고 줄을 서 밤샘 채비들을 했다. 시간이 지나며 줄이 서너 개가 생기면서 서로 자기 줄이 먼저 온 줄이라고 주장하며 핏대를 세운다. 자정이 넘자 드디어 경찰차가 나타나 해산을 시킨다. 통행금지 시간이니 귀가하라는 것이다. 그 많은 사람들이 여의도에 사는 것도 아니고 먼 곳에서 온 사람들이니 귀가할 방법도 없다. 이리 쫓기고 저리 쫓기며 일부는 통금 위반으로 파출소로 연행되기도 했다.

통행금지가 해제된 새벽 4시가 되자 어디 있다 나왔는지 우르르 몰려와 줄을 다시 서기 시작한다. 분양은 아침 9시부터 인데 5시간 전부터 난리가 난 것이다. 전례가 없는 일이다. 결국은 건설사에서 선착순 분양을 안 하고 추첨 방식으로 분양을 하겠으니 귀가 후 오후 4시 추첨 시간에 오라는 공고를 냈다.

그날 오후 4시 추첨장엘 갔다. 공정성을 기하기 위해 경찰 입회하에 진행하는 은행알 추첨 방식으로 진행되어 이 아파트가 우리나라 최초의 추첨 아파트로 기록되었다.

추첨 결과 낙방이다. 실망이 컸다.

그 날 저녁 여의도 복덕방을 들려보니 오늘 추첨한 수정 아파트가 프리미엄이 붙어 나와 있다. 23평형이 10만원 프리미엄이 붙어 800만원이란다. 아니 그저 운 좋게 뺑뺑이 돌려 된 것인데 몇 시간 만에 10만원이라니 도저히 억울해서 죽겠다. 한편으로는 아파트가 예쁘게 설계되어 너무 마음에 든다. 짧은 시간 많은 고민 끝에 10만원을 주고 분양권을 샀다. 이 아파트가 최초의 은행알 추첨 아파트에 더해 또 하나의 기록을 세웠다. 우리나라 최초로 프리미엄이 붙은 아파트이다. 2년여 사는 동안 아들 용원이가 태어났다.

1978년 구 반포 AID 아파트 옆에 신반포 아파트가 들어 서기 시작했다.

1차는 5층짜리 아파트로 한강 쪽으로 들어가 지어져 있어 밭을 지나서야 들어갈 수 있는 곳이었다. 여의도 아파트를 팔고 이곳 28평 아파트로 옮겼다.

1970년대 말 강남에 아파트 건설 붐이 일었다. 개나리, 진흥, 우성, 무지개 등등 이곳저곳에 아파트 분양 공고가 쉴 새 없이 발표되었다. 그리고 당첨만 되면 프리미엄이 붙었다. 여기저기 분양 아파트를 쫓아다니기 시작했다. 운이 나쁜 건지 매번 낙방이다. 그 당시 아파트 청약을 하려면 일정 금액을 예치해야 했다. 당첨이 되면 그 돈이 계약금으로 전환이 되고 떨어지면 되돌려 주는 식이다.

여러 곳에서 동시 다발적으로 분양이 실시되는데 청약할 돈이 없어 한꺼번에 여러 곳을 청약할 수 없다. 그저 한군데 넣었다 떨어지면 청약금을 환불받아야 다음 것을 할 수 있었으니 당첨 확률이 그만큼 줄어든 것이다. 종잣돈(Seed Money)이 부족한 것이 원망스러웠다.

서초동에 진흥 아파트 분양 공고가 나고 모델 하우스가 오픈돼 가 보니 마음에 꼭 든다. 그런데 평수가 나에겐 너무 크다. 고민 끝에 43평을 신청했다. 물론 자금 사정은 턱없이 부족했다. 하지만 아파트값이 새로 분양할 때마다 오르니 돈을 모아 산다는 것은 부지하세월(不知何歲月)이다.

작전을 바꿨다. 무조건 잡아 놓고 보자. 그리고 가급적 능력보다 큰 평수를 잡자. 그리고 대출을 갚아 나가자. 중도에 능력이 안 돼 팔게 되면 40평짜리가 30평은 되지 않겠는가? 무모하고 뱃심 좋은 배팅을 한 것이다.

서초동 진흥 아파트 43평을 잡았다. 당첨이 아니라 프리미엄을 주고 샀다.

32살 때 일이니 회사에서 소문이 났다. 연일 집 구경 한다고 회사 직원들이 들어 닥쳤다.

서재에서 바라본 겨울 정원 (2018)

그로부터 현재까지 40년째 서초동을 벗어나지 않고 지금의 예술의 전당 앞 주상 복합 아파트에 살고 있다. 이렇게 70~80년대 연 10% 고속 성장을 이룬 시대의 흐름을 타고 부모로부터 별다른 경제적 도움 없이 집을 장만하였다.

운이 좋았다.

나의 후손들

슬하에 1남 1녀를 두었다. One Strike One Ball이란다.

위가 딸이다. Ball을 먼저 던지고 Strike를 던졌으니 투수로서 마음먹은 대로 던진 셈이다. 흔히들 이야기하는 완벽한 피칭(Prefect Pitching)을 한 셈이다.

나의 젊은 시절 삶이 해외 여러 곳을 다닌 유목민(Nomad)생활이었다. 어린 녀석들이 새로운 환경에서 살아남느라 나름 힘들었을 터인데 다행히 적응을 잘해 다행스럽고 고맙다.

큰딸은 엄마를 따라 E 대에서 성악을 전공 후 미국 보스턴의 NEC(New England Conservatory of Music) MM 과정 최우수 졸업을 하고 대학출강 및 뮤지컬, 오페라 출연 등으로 바삐 활동 중이다. 결혼하여 슬하에 두 딸을 두고 있다. 어릴 적 동생과 같이 거실 커튼 뒤에서 공연을 펼치며 사회를 능숙히 보던 큰 손녀는 역사에 흥미를 가지고 있고 작은 녀석은 외교관이 되고 싶단다.

아들 녀석은 영국, 홍콩, 중국에서의 생활 덕인지 영어, 광동어(Cantonese), 중국어(Mandarin) 등 언어에 능하며 문화 분야의 회사에서 중역으로 열심히 활동 중이다. 아쉬운 점은 아직 장가를 안 간 점이다.

아랍 에미리트 두바이에서 (2016)

외손녀가 본 우리 가족

2016년 겨울 아랍 에미리트(Arab Emirate) 두바이(Dubai)로 아내와 여행을 갔다. 나의 칠순 생일을 기념하는 여행이다. 그곳엔 한 해 전 사위가 "L전자"의 주재원으로 가족과 같이 나가 있어 오랜만에 딸과 사위 그리고 두 손녀를 볼 수 있는 좋은 기회였다.

아차 소개가 빠졌는데 사위는 나와 같이 고려 대학 동문이며 비록 시대는 다르지만 LG 그룹 출신이다. 미국 뉴욕 주립 대학원에서 MBA (Data Science 전공) 과정을 졸업하고 회사 내 중견 간부로 일하고 있다. 대학과 직장이 나와 겹치니 앞으로의 길도 같은 길일지 지켜보고 있다.

보름간 체류하는 동안 나의 70회 생일을 맞았다. 그 날 나를 감동시킨 일이 있었다. 열 살 된 둘째 외손녀가 고사리손으로 "할아버지의 일생"이라는 제목의 8쪽짜리 이야기 생일 카드(Story Telling Birthday Card)를 만들어 선물한 것이다. 카드는 언니가 예쁘게 채색을 했다.

밤새 외손녀의 카드를 읽고 또 읽으며 나의 지나간 삶의 추억들을 되감기 했다. 그리고 어렴풋이 언젠가 지나간 시간들을 글로 남기면 좋겠다는 생각을 했다. 지금 이 글들이 그때 외손녀가 깨우쳐 준 나의 일생에 대한 이야기에서 출발한 셈이다.

여기 외손녀의 어린 눈으로 본 나의 일생을 소개한다.

Life of my grandpa, Jintae ♥

By. Jiyeon Sim

Colored by. Jimin Sim

This story is a short story telling about my grandfather's (Jintae) life. I hope my grandfather would have great birthday and would keep this story forever.

Not that long ago, there was a little boy named Jintae and he was Korean. He lived in a big house with his 3 older sister, 2 younger sister, 1 younger brother, dad and mom. He loved his family much as he loved him self.

After a long, long time, when he graduated university, he got merried with a beautiful lady named Heeja. Soon, he got a nice girl and named her Haewon and that's how my mom was born. Next, he got a boy and named him Yongwon. He loved all the members of his family. They lived in a amazing house and we're all happy.

새 식구 '로즈' (2019)

Then, my mom (Haewon) growed and got merried with a awesome man named Jaewoo and got their first child and gave her the name, Jimin. It was 2004 when this happened. 2 years later, they gave birth to another girl and named her Jiyeon and that's how I was borned.

Now, after 10 years, when I started living in nice house in U.A.E, Dubai, Jintae turned 70 in Korea. Finally, Jintae lived happily with his family.

More facts about this story♡

- Jintae's dad was a doctor.
- Jintae is born at 1947, December, 21st.
- Jintae's wife (Heeja) was born at 1948, November, 23th.
- Jintae daughter (my mom) was born at 1975, June, 26th.
- Jintae son (Yonwon) was born at 1978, August, 25th.
- (Jintae's daughter / my mom) Haewon's first daughter was born at 2004, April, 4th.
- I (Haewon's second daughter) was born at 2006, July, 6th.
- When I wrote this story (2016, December, 21st) it was actually Jintae's 70th birthday.
- My grandfather (Jintae) was good at making people HAPPY.

Very big thank you to my grandfather, grandmother and my whole family for caring about me and making this story better. I LOVE you all♡

상초(霜草)

– 나의 호(號)

호(號)란 사람이 본 이름 외에 허물없이 부를 수 있도록 지은 호칭(呼稱)을 말한다. 이는 본이름 부르는 것을 피하는 풍속에 그 근원을 두고 있으며 나이가 들어 상대방의 본이름을 스스럼없이 부르는 것이 불경스럽게 느껴질 때에는 매우 요긴한 방법이기도 하다.

이런 이유로 중국에서는 송(宋)나라 때 널리 보편화 되었으며 우리나라에서도 삼국 시대부터 사용한 기록이 있다 하니 역사가 매우 깊은 관습이다.

호에는 아호(雅號)라는 것이 있는데 이는 시(詩), 문(文), 서화(書畵)의 작가들이 사용하는 우아한 호라는 뜻이다. 그래서인지 요즈음에도 주로 예술 작가들이 아호를 사용하는 경우를 종종 볼 수 있다.

몇 해 전 난생처음 책을 한 권(제목: 금지된 고백, 2017년 밥북사 간) 출판하면서 어쭙잖게 글쟁이 흉내를 내며 호를 하나 지었다.

호를 지을 때 여러 가지 방법이 있으나 거처(居處)하는 곳을 따라 짓는 경우가 많아 이를 따라 "상초(霜草)"라 지었다.

상초(霜草)란 우리 말로 서리 풀이라는 뜻으로 서울의 남쪽 서초동(瑞草洞)의 옛 마을 이름 상초리(霜草里)를 뜻한다. 내가 서초동에 정착하기 시작한 것이 1978년이니 오늘까지 40년이 넘도록 옛 이름 상초리 서초동에 산 셈이다.

거소를 따서 호를 지은 또 다른 이유는 앞에 언급한 나의 인생 롤 모델이셨던 작은 아버님의 호는 옛 수원 농촌진흥청 옆 호수 이름이 서호(西湖)였는데 이를 따라 동호(東湖)라 지으신 것을 흉내 낸 것이다.

호를 지은 지 얼마 되지 않아 많은 사람들이 호가 있는지조차 잘 모른다.

이름 석자 적어놓고 명함이란 것을 만들었는데 거기에 상초인(霜草人) 하고 큼지막한 글자를 박아 넣었다.

눈썰미가 좋은 사람은 상초인이 무슨 뜻이냐 묻는다. 자연스레 연유를 설명하면서 초면의 서먹함을 없애고 어디에 사는 누구라고 소개를 다 마칠 수 있으니 꽤 괜찮은 방법이구나 하며 자화자찬을 한다.

은퇴 후 제2의 인생을 살면서 새로운 이름을 지으니 다시 어린아이가 된 기분이다. 새로운 이름의 또 다른 내 인생이 시작된 느낌이다. 지금껏 본 이름 "진태"로 살아온 시간 중 못해 본 일들, 아쉬웠던 일들, 부족했던 일들, 더 하고 싶었던 일들을 모아 새로운 이름 "상초"는 하고 싶다. 그것이 진정 제2의 인생이 아닐까?

다가올 미래 시대

엘리나 루즈벨트 여사(1884–1962)는 미래를 Mistery, 즉 미지(未知)의 시간으로 표현했다. 내가 살아온 시간이 역사라면 나의 후손이 살아갈 시간은 미지의 시간들이다.

뒤돌아보면 내가 지금껏 사용한 통신 수단만 보더라도 텔렉스에서부터 팩스를 거쳐 컴퓨터 시대를 지나 휴대 전화 시대까지 와 있다. 자동차를 움직이는 동력 수단만 해도 화석 연료인 가솔린, 디젤 시대에서 전기, 수소 연료 시대로 바뀌고 있으며, 영국에서 휴가 때면 부인이 두꺼운 지도책을 끼고 조수석에 앉아 페이지를 넘기며 길을 안내하다 혹 잘못 안내하기라도 하면 종종 부부 싸움으로 번지던 시대에서 지금은 아름다운 여자 목소리로 친절히 안내해 주는 여비서가 차 속에 같이 타고 다니는 시대가 되었다.

(참고로, 여담이지만 2003년 중국에서 현대자동차가 내비게이션을 장착한 엘란트라를 처음 출시할 당시 일부 중국인 고객이 출근길에 여성 음성 길 안내 방송을 듣고는 아침부터 여자가 잔소리가 많다고 방송이 나오지 않도록 해달라고 요청한 웃지 못할 사례가 몇 건 있었다.)

먼 길 고생하며 운전하는 시대에서 자율 주행 시대로 바뀌어 차에 타고 미남 배우 장 동건 출연 영화를 보거나 방탄 소년단(BTS)공연을 즐기며 다니는 시대가 되었다. 그리고 각자 개인 소유 시대에서 공유 시대로 바뀌었으니 우버가 그러하며 에어 비앤비(Air B&B)가 그러하다.

메커니컬(Mechanical) 시대에 18바이트 용량의 컴퓨터를 가진 나로서는 상상하기조차 힘든 미지의 세계가 다가오고 있다. 아마 내가 200살까지 산다면 분명 동굴 속에서 숨어서나 지내야 할 처지 일지도 모르겠다.

후손들에게 부탁하고 싶은 바는 시대의 변화에 뒤처지지 말고 넓은 세상을 보면서 미지의 세계를 꼭 붙잡고 놓치지 말기를 바랄 뿐이다. 자칫 한순간을 놓치면 미지의 세계에서 영원히 미아(迷兒)가 될지도 모르니 말이다.

어쭙잖게 너희들의 시간에 대해 이야기해 미안하다.

이야기를 마치며

지금껏 많은 나라 많은 도시를 다니며 많은 일들을 겪으며 여행을 했다. 이제 다리도 아프고 몸도 마음도 지쳤으니 쉬어야겠다.

뇌리에 남아있던 기억을 더듬어 글을 썼는데 작은 뇌 속에 이리 많은 추억들이 남아있었다니 놀라지 않을 수 없다. 책으로 출판하였으니 이제 머릿속은 비우고 꼭 필요한 것들만 간직해야겠다. 단순히 살도록 해야겠다. 세상은 내가 어렸을 때나 한창 활동하던 시절이나 지금이나 마음에 안 드는 것투성이다.

정치가 그러하고, 경제가 그러하며, 사회는 점점 척박해져 가는 것이 예나 지금이나 변함이 없다. 최빈국에서 선진국까지 왔는데도 말이다. 방법은 내가 변하는 수밖에 없는 듯싶다. 머리를 비우고 단순히 살다 가는 것.

후손이란 피붙이들 장 되기를 바라며 조용히 떠날 날을 준비해야겠다. 호랑이는 가죽을 남기고 사람은 이름 석자를 남기고 죽는다더니 세상 사람이 알도록 이름 석자를 남기지 못한 무명용사(無名勇士)이니 책이나 남기고 가려 한다. 이제 앞으로 남은 시간은 기억이 희미해지는 시간들이겠지? 다행히 책으로 기억을 남겼으니 틈틈이 책장을 들추며 희미한 추억을 되새김하련다.

당시에는 힘들고 귀찮고 피하고 싶던 일들이 세월이 지나 추억으로 바뀌어 글로 써 내려가 보니 아름답다. 마치 저녁노을이 붉게 물든 것처럼 말이다. 그래 인생이란 그런 거겠지. 삶의 현장에서 살아남기 위해 고생 고생하며 지내다 종족 보존이라는 자연의 섭리에 따라 자식들 낳아 기르며 살다 이제 늙은 나이에 뒤돌아보니 모든 고생이 황혼빛처럼 찬란하게 붉게 보이는 것은 그동안의 고생은 잊고 세상을 떠나기 전 모든 힘들고 고생스럽던 일들을 아름다운 추억으로 간직하도록 채색해 준 것이겠지? 그것이 신이 내린 마지막 선물이겠지?

젊은 시절 즐겨 부르던 팝송 "My Way"가 생각난다. 1968년 당시 27세이던 가수 폴 앵커(Paul Anka)가 은퇴를 앞둔 프랭크 시내트라(Frank Sinatra, 1915-1998)에게 헌사해 유명해진 노래다.

–

이제 끝이 가까워졌네(Now the end is near)

그렇게 인생 종말을 마주하게 됐네(And so I face final curtain)

가득 찬 인생을 살았고 길이란 길은 다 다녀 봤지만, 무엇보다 나는 내 방식대로 살았지(I did it my way)

후회, 조금 있었지(Regrets, I've had a few)

사랑도 해 봤고, 울기도 웃기도 하고, 많은 걸 가져 봤다가 잃기도 했지만, 눈물이 사그라지고 보니(as tears subside) 모든 것이 즐거웠던 일이었네(find it all so amusing)

지난날이 보여주듯 나는 시련을 받아 들였고(The record shows I took the blows), 내 방식대로 했어(And did it my way)

그래 그게 내 인생길이었어(Yes, it was my way)

–

생로병사(生老病死), 생노(生老)의 시간을 지나 이제 병들고 힘든 시간만 남았다. 매일 헬스장에서 열심히 운동을 한다. 운명을 거역하려는 건가? 아님 병마에 시달리며 고통스러운 시간을 줄이려는 마지막 몸부림인가? 아무리 그래도 이제 당신은 생로병사 그중 병(病)의 끝자락에 와 있다는 것을 부인할 수 없네.

그것이 인생이네. 세 라 비(C'e la vie).

라디오에서 조용히 음악이 흘러나온다.

Non ti Scordar di me – 나를 잊지 말아요.

물망초 노래다.